현대 소환술사

THE MODERN SUMMONER

현대 소환술사 2

현윤 퓨전 판타지

초판 1쇄 찍은 날 § 2015년 5월 19일
초판 1쇄 펴낸 날 § 2015년 5월 26일

지은이 § 현윤
펴낸이 § 서경석

편집책임 § 박은정

펴낸곳 § 도서출판 청어람
등록번호 § 제387-1999-000006호
등록일자 § 1999. 5. 31
어람번호 § 제1-2132호

주소 § 경기도 부천시 원미구 부일로 483번길 40 서경B/D 3F (우) 420-822
전화 § 032-656-4452 팩스 § 032-656-4453
http://www.chungeoram.com
E-mail § chungeorambook@daum.net

ISBN 979-11-04-90243-7 04810
ISBN 979-11-04-90241-3 (세트)

현대 소환술사

THE MODERN SUMMONER

FUSION FANTASTIC STORY

현윤 퓨전 판타지 소설

2

도서출판 청람

CONTENTS

제1장
밟을 땐 확실히

　강수와 열두 명의 깡패가 벌이는 활극은 화려함과 잔인함
이 섞인 한 편의 액션영화 같았다.

　부웅!

　퍼어억!

　"크허억!"

　오크들의 피가 덕지덕지 묻은 몽둥이를 바라보며 깡패들
은 살짝 몸을 떨었다.

　"저, 저 새끼, 뭐야?"

　무려 12대 1의 싸움이었지만 강수는 한 치의 밀림도 허락

하지 않았다.

오히려 그는 여유로운 표정으로 그들을 내려다보고 있었다.

"장난하는 것도 아니고, 지금 뭐 하는 거냐?"

"이, 이 개새끼가?"

지금 강수는 기껏해야 2서클 유저지만 열두 명의 건달쯤은 그렇게 큰 문제가 되지 않았다.

일단 오대원소 중 바람을 이용해 공기 저항과 중력의 저항을 50% 이상 줄였기 때문이다.

그리고 주먹과 발, 팔꿈치와 무릎에 얇은 불의 장막을 쳐서 매를 맞는 상대의 얼굴이 화끈거리게 만들었다.

일반인의 입장에선 강수를 그저 괴물로밖에 볼 수 없을 것이다.

"자, 빨리빨리 덤비고 끝내자. 너희들 줄빠따 치려면 시간이 별로 없어."

줄빠따라는 말에 오크들은 소리 죽여 몸을 떨었다.

'크, 크룩!'

깡패들은 아까부터 계속 줄빠따 운운하는 강수를 바라보며 실소를 흘렸다.

"저 새끼 지금 뭐라고 지껄이는 거야? 네가 무슨 숙소장이라도 되는 줄 아는 모양인데……."

"단체 생활에 줄빠따는 기본 아니냐?"

"뭐, 이 새끼야?!"

열두 명의 깡패 뒤에 서 있던 한 청년이 강수의 앞으로 나오며 말했다.

"빠따를 내려놔라. 나와 한판 붙자."

"크, 큰형님!"

"괜히 머릿수만 가지고 밀어붙이기엔 이 상황이 너무 웃긴 것 같군. 그러니 너희는 저만치 물러나 있어라."

강수는 호기 넘치는 건달 강산을 바라보며 흥미롭게 웃었다.

"호오, 주먹에 꽤나 자신이 있는 모양이지?"

"사내가 무슨 말이 그렇게 많나? 어서 한판 붙고 빨리 끝내자."

"그래, 그거 좋지."

까앙!

강수는 바닥에 몽둥이를 내려놓고 그의 앞으로 나갔다.

그가 깡패들이 만든 원 안에 들어서자 강산이 부하들에게 버럭 소리쳤다.

"물러서라고 했다!"

"하, 하지만……."

"천하의 강산 얼굴에 먹칠을 할 생각인가?"

"죄, 죄송합니다!"

강수는 그런 건달들을 바라보며 실소를 흘렸다.

"훗, 깡패가 무슨 명성이 있다고 먹칠이냐?"

"우리도 나름의 룰이 있다. 그러니 그딴 매너 없는 행동은 나중에 싸움에서 이긴 후에나 하지."

"으음, 그래? 나름 직업의식은 있는 모양이군. 알겠다. 그 전까지 인신공격은 최대한 자제하기로 하지."

척!

강산은 복싱의 하이가드에서 손을 조금 내린 특이한 포즈를 취했다.

"덤벼라."

아무래도 그는 싸움을 체계적으로 배운 사람이기보다는 이것저것 배워 장점만 취해 자신의 것으로 만든 사람인 것 같았다.

강수는 그의 격투 포즈를 보며 그 옛날의 박투왕 에네스를 떠올렸다.

에네스는 엘프의 16대 족장으로 대륙에서 가장 싸움을 잘하는 사람으로 손꼽혔다.

대륙의 사가들은 그를 두고 주먹왕, 박투왕 등으로 불렀는데, 그중에서도 '권신'이라는 이름이 가장 유명했다.

'이 새끼, 아주 헛소리를 지껄이는 놈은 아니구나.'

권신 에네스는 자신이 배워온 엘프들의 체술에 인간의 격투기, 드워프의 박투술을 섞어 자신만의 격투 기술을 구축했다.

그의 뒤를 이을 만한 천재 격투가는 이후로 나타나지 않았으며, 그는 전설의 주먹으로 남게 되었다.

아마도 이 사내 역시 그런 방식으로 최고의 주먹까지 올랐을 것이다.

강수는 예상외로 대단한 놈을 만난 것 같아 살며시 긴장감을 올렸다.

"후우, 오랜만에 호적수를 만났군."

"시작하지."

그는 상당히 입이 짧았다.

팟, 팟팟!

지그재그로 스텝을 밟은 그는 먼저 강수의 얼굴에 가볍게 잽을 날렸다.

퍽!

"크흑!"

공기의 저항을 50% 이상 줄이긴 했지만 그의 동체시력에는 한계가 있었다.

어중이떠중이 건달들의 주먹이야 가볍게 피할 수 있지만 진짜 주먹을 잘 쓰는 사람의 경우엔 그렇지가 않았다.

그들은 사각지대에서 잽을 날리기 때문이다.

일반적인 잽이 직선으로 뻗는다면 강산의 경우엔 사람의 턱 부근에서부터 팔을 살짝 위로 올리듯이 잽을 쳤다.

그렇게 잽을 치면 마치 주먹으로 채찍을 휘두르는 것 같은 효과가 발휘된다.

이것은 사각지대에서의 공격이기도 하고 위력을 배가시키는 방법이기도 했다.

'이 새끼, 진짜다!'

강수는 재빨리 몸을 뒤로 밀었다.

휘익!

공기의 저항을 받지 않는 강수의 몸동작을 본 강산은 화들짝 놀라는 표정을 지었다.

이렇게 재빠른 동작은 생전 처음 보았다.

거리를 벌려 전열을 가다듬은 강수는 방법을 조금 바꿔보기로 했다.

'소환!'

그는 코로 오대원소 중 물을 소환했다.

좌르르르룽.

가만히 자세를 잡고 선 강수는 온몸의 마나를 오로지 코에 집중했다.

이 싸움을 한 방에 끝내기 위해서 그는 조금 특이한 방법을 사용하기로 한 것이다.

집중력을 발휘하고 있기 때문에 강수는 마치 그 자리에 서서 굳어버린 것처럼 보였다.

"싸움을 하기 싫은 건가?"

"…아니다."

"좋아, 그럼 계속하지."

팟!

그는 강수에게 몸을 날렸고, 강수는 가득 모아둔 마나를 일순간에 터뜨렸다.

푸슉, 파앗!

"크헉!"

강수의 코에서 뿜어진 아주 작은 물줄기가 강산의 코를 통해 들어갔다.

그리곤 그 물이 두개골의 후면까지 깊이 파고들어 뇌에 영향을 미쳤다.

"아아……!"

털썩!

"혀, 형님!"

강산은 강수가 펼친 비강신법에 정신을 잃고 말았다.

*   *   *

비강신법은 엘프들 사이에서 전해져 오는 극 오의로 위기의 순간에 사용하는 조금 치사한 방법이다.

엘프들은 물의 정령을 이용하여 아주 가늘고 빠른 물줄기를 만들어 상대방의 비강부로 쏘아내었다.

그렇게 되면 그 물이 뇌로 흘러들어 골이 통째로 흔들리는 효과가 생긴다.

잘못하면 상대방이 식물인간 상태로 평생 일어나지 못할 수도 있지만 그 강도만 조절하면 큰 문제는 없었다.

강수는 앞에 쓰러져 있는 강산을 바라보며 깡패들에게 말했다.

"자, 너희의 두목이 쓰러졌다. 이제 좀 정신을 차렸나?"

"이, 이런 미친 새끼! 도대체 무슨 개짓거리를 한 것이냐?!"

"개짓거리? 내가 무슨? 나는 그저 주먹을 한 번 살짝 뻗은 것뿐인데?"

"그, 그런……."

"아무튼 두목이 쓰러졌으니 너희는 이제 줄빠따를 맞아야 할 것이다."

"그런데 이 새끼가 아까부터 무슨 개소리를 하는 거야?!"

강수는 땅바닥에 놓여 있는 몽둥이를 집어 들었다.

"사람이 죄를 지었으면 벌을 받는 것은 당연하다."

그는 몽둥이를 들고 깡패들을 무자비하게 구타하기 시작했다.

퍽퍽퍽!

"크헉!"

"내, 내 다리!"

팔, 다리, 어깨, 복부, 허리 등 가리지 않고 마구잡이로 몽둥이를 휘두르는 강수 탓에 건달들은 순식간에 그 자리에 쓰러지고 말았다.

아까 강수에게 맞아 움직이지 못하는 건달이 다섯, 이제 남은 것은 단 두 명이다.

"자, 선택해라. 만약 줄빠따를 맞는다면 가장 첫 번째로 맞는 영광을 주마."

"개, 개소리 마라!"

"오호, 기백이 넘치는군."

강수는 그에게 달려들어 머리를 후려쳤다.

퍼억!

"킥!"

결국 깡패들과 강수의 협상은 결렬되고 말았다.

* * *

강수는 열두 명의 깡패를 한 명씩 일일이 포박해서 움직이지 못하도록 했다.

　그리곤 나무로 급하게 짜 만든 형틀에 묶고 그 위에 물을 살짝 뿌렸다.

　촤락!

　"이, 이게 뭐 하는 짓이냐?!"

　"내가 말했잖나. 줄빠따를 칠 거라고. 그 약속을 지키는 것뿐이다."

　강수는 일렬로 형틀에 묶인 건달들에게 물었다.

　"지원자를 받겠다. 누가 가장 먼저 줄빠따를 맞을 것인가?"

　"뭐, 뭐라?!"

　"이런 개또라이 같은 새끼를 봤나?! 이것 안 풀어?!"

　그는 아직도 낭랑한 목소리로 대드는 깡패들을 안타까운 눈으로 바라보았다.

　"쯧, 아직 덜 맞은 모양이군. 그래, 무식하면 용감하다고 했다. 자, 맞자."

　강수는 형틀에 묶인 강산부터 매타작을 시작했다.

　부웅, 촤악!

　"끄아아아아악!"

　엉덩이 살가죽이 욱신거릴 정도로 무지막지한 강수의 줄

빠따의 위력이란 이루 말로 표현하기로 힘들었다.

그냥 맞아도 버티기 힘든 줄빠따에 물까지 뿌렸으니 그 타격은 족히 열 배는 될 터였다.

강산은 좌우로 고개를 세차게 흔들며 소리쳤다.

"끄악, 끄악! 이런 씨발! 아아아아악!"

조선시대 물 곤장이 과연 이랬을까?

특유의 무게감을 유지하고 있던 강산은 끝내 이성의 끈을 놓고 몸부림쳤다.

"허억, 허억! 이 미친 개새끼야!"

"오호, 역시 두목이라 뭔가 다르긴 하군. 하지만 그런다고 줄빠따가 끝나진 않아. 나는 기본 100대로 시작하거든."

부웅, 짜악!

"크아아아아악!"

"두 대요!"

짜악!

"커흐어억!"

"세 대요!"

줄빠따를 칠 때마다 엉덩이에서 피가 터져 나왔는데, 그 피는 강산의 옆에 있는 건달들의 얼굴에까지 튀었다.

촤락!

"이, 이 새끼, 완전히 미쳤어!"

"젠장!"

강수는 자신의 얼굴에 묻은 피를 소매로 스윽 닦으며 웃었다.

"크흐흐, 그걸 이제야 알았나?"

이윽고 강수는 계속해서 강산의 엉덩이를 무자비하게 구타했다.

*　　*　　*

벌써 열두 명째 줄빠따를 치는 중이다.

짜악!

"크허어억!"

강산을 포함해 열세 명이 줄빠따를 맞아야 하니 이제 한 명 남은 셈이다.

마지막으로 남은 그는 바지에 오줌까지 지리고 있었다.

"시, 싫어! 싫어!"

강산은 그제야 정신을 차리고 강수에게 외쳤다.

"그, 그만! 싸움에서 이겼으면 그만이지 이게 무슨 짓이냐?!"

"너희는 애초에 나를 아주 산에 묻어버릴 작정으로 달려들지 않았나? 그런데도 가만두는 것이 더 이상하지 않겠나?"

"그, 그건……."

"가만히 닥치고 있어라. 줄빠따를 처음부터 다시 시작하는 수가 있다.

"아무리 그렇다고는 해도 이건 좀……."

강산의 부하들이 그를 바라보며 거세게 고개를 흔들었다.

"아, 안 됩니다! 그냥 내버려 두시지요!'

"뭐라?'

"저놈은 줄빠따를 다시 치고도 남을 놈입니다!'

아마도 건달들은 강수의 줄빠따에 깊은 공포를 느낀 모양이다.

"참고로 줄빠따를 다시 시작하게 되면 끝에서부터 다시 시작된다. 한마디로 그 끝은 강산 너라는 소리지."

꿀꺽!

마지막으로 줄빠따를 맞는 심정이란 이루 표현하기 힘들 정도이다.

순간, 강산은 아무런 말도 할 수가 없었다.

"……."

"그럼 계속 치겠다."

하지만 그는 한 조직의 우두머리다.

"잠깐! 맞을 때 맞더라도 할 말은 해야겠다!'

"오호라, 꽤나 근성이 있군."

"원하는 것을 말해라. 네가 원하는 것을 들어줄 테니 우리를 풀어줘. 어차피 우리가 떼로 덤벼도 너를 이기지 못할 것을 잘 알고 있지 않나?"

"으음."

강수는 이내 몽둥이질을 멈추고 강산을 바라보았다.

"원하는 것이라……. 정말이냐?"

"물론."

"좋아, 그럼 나도 조건을 하나 걸지."

"말해라."

"기왕지사 때린 김에 빠따는 다 쳐야겠다. 그리고 다시 협상하지. 어떤가?"

"혀, 형님! 흑흑!"

강산은 조용히 눈을 감았다.

"좋아, 쳐라."

"형님!"

"미안하다."

강수는 다시 몽둥이를 잡았다.

"어금니 꽉 깨물어라. 많이 아프다."

"흑흑!"

부웅!

*　　　*　　　*

끔찍한 형벌의 시간이 지나고 조금 정상적인 협상의 시간
이 돌아왔다.

엉덩이에 피딱지가 생겨 의자에 앉을 수 없는 강산은 선 채
로 강수와 협상을 벌였다..

"원하는 것을 말해라."

"먼저 네가 나를 린치하려던 이유를 알고 싶군."

"그건 말해줄 수 없다."

"뭐라?"

"기밀이다. 이건 유출할 수가 없어."

강수는 실소를 흘렸다.

"이거 완전 미친놈이군. 지금 그 소리가 나에게 통할 것이
라고 생각하나?"

"우리가 다 죽는다 해도 그건 발설해선 안 된다."

"그것을 발설하면 너희가 다 죽는 모양이지?"

"……."

"역시 그렇군."

강수는 분명 이 땅에 뭔가 큰 건수가 걸려 있다고 생각했
다.

이들이 처음 강수를 잡으러 왔을 때, 그들은 땅으로 장난친

놈이라면서 땅을 들먹였다.

아마도 이 땅에 뭔가 큰일이 벌어지고 있음이 틀림없었다.

'정치 깡패인가?'

요즘 세상에 정치판에 깡패가 끼어들기 참으로 힘들지만 그 가능성이 아주 없지는 않다.

기껏해야 정부에서 실시하는 불법 시설 철거에나 동원되는 용역깡패들이지만 가끔은 정치 공작에도 사용되기 때문이다.

"좋아, 그렇다면 이 땅을 얼마에 살 수 있는지 들어보지."

"평당 3,000원 주지."

강수는 실소를 흘렸다.

"하하, 하하하! 이 새끼가 지금 사람을 졸로 보나? 네가 보기엔 내가 그렇게까지 호구인 것 같나?"

"…공시지가에서 1,000원 더 쳐준 것이다."

"그거야 너희가 이렇게 나오기 전이고."

순간, 강산은 적지 않게 당황한 표정을 지었다.

"뭐, 뭐라?"

"이 땅에 대한 비밀을 폭로하면 너희는 다 죽는다면서. 그렇게 중요한 땅을 내가 왜 헐값에 파나? 차라리 꼭 쥐고 있다가 값이 오르면 팔지."

"……"

"어때? 내 말이 틀려?"

"그, 그건……."

강수는 손가락 한 개를 펼쳤다.

"평당 10만 원."

"뭐, 뭐라?!"

"이 정도면 꽤 양심 있게 쳐준 것 같은데 말이지."

지금 강수가 가진 땅은 2만 평이 조금 안 된다.

만약 이 땅을 평당 10만 원에 팔게 되면 10억이 넘는 돈이 굴러들어 오게 된다.

어찌 보면 상당히 무리한 요구일 수도 있지만 강산의 표정으로 미뤄 볼 때 그것도 아닌 듯했다.

강산은 지금 엄청난 고뇌에 휩싸여 있었다.

"…금액이 너무 과하다."

"그럼 네가 원하는 금액은 얼마냐?"

"평당 1만 원에……."

"아까부터 나를 개호구로 여기는 것 같군. 협상은 없던 일로 하지."

"자, 잠깐!"

강수는 자신을 붙잡으려는 강산에게 피 묻은 몽둥이를 내밀었다.

척!

"허, 허억!"

"더 맞아야 정신을 차리겠나?"

겉으로 보기엔 지금 강수가 억지를 부리는 것 같지만 진실은 그렇지 않았다.

분명 강산이 목숨을 걸 정도로 중요한 비밀이라면 그 정도의 가치는 충분할 것이기 때문이다.

'도대체 이 땅으로 뭘 하려고 이 난리지?'

랄프는 이 땅은 이제 더 이상 쓸모가 없는 불모지라고 했다.

그렇다는 것은 이 위에 뭔가 대단한 것을 짓는다고밖에 설명할 길이 없었다.

잔뜩 몸을 움츠리고 있던 강산이 이내 눈을 질끈 감았다.

"3만 원! 그 이상은 안 된다!"

"혀, 형님!"

"시끄럽다! 어쩔 수 없어!"

강산의 부하들은 강수가 일반인인 줄 알고 땅에 대한 정보를 아주 조금 흘려버렸다.

그리고 강산은 강수의 유도심문에 걸려들었고, 사태는 걷잡을 수 없는 지경까지 와버렸다.

그가 극약 처방을 하는 것도 무리는 아니었다.

"2만 원 더 쳐줘."

"그, 그건 무리다. 내가 동원할 수 있는 자금에도 한계가 있어."

"으음."

"더군다나 내가 모시는 분께서 노하실 거다. 이 이상 판을
벌리지 않는 것이 좋다."

어차피 거물이 끼어 있다면 일을 더 이상 크게 벌려서 강수
에게 좋을 것은 하나도 없었다.

"그래, 까짓것, 3만 원에 합의를 보자."

"더 이상 딴소리하면 곤란하다."

"물론이지."

강산은 강수에게 자신의 명함과 주민등록증, 인감을 건넸다.

"삼 일 후에 복덕방에서 다시 보지."

"알겠다."

두 사람은 각자 갈 길을 가기 위해 돌아섰다.

*　　　*　　　*

삼 일 후, 강수는 인감증명서와 주민등록증 등을 들고 금광
마을 부동산으로 향했다.

약속대로 강산은 강수가 말한 5억이라는 돈을 가지고 그를
찾아왔다.

"액면가는 공시지가로 치르고 나머지는 무기명채권으로

치르자. 어떤가?"

"좋지."

공시지가대로 거래하고 나머지 돈은 뒤로 돌려도 큰 문제는 없을 것이다.

오히려 강수에게는 세금을 면제받을 수 있는 일이니 나쁠 것 없는 거래였다.

강수는 자신이 가진 땅문서를 넘기고 계약서에 도장을 찍었다. 이렇다 할 특약도 없는 거래였지만 현장에는 꽤나 긴장감이 넘쳤다.

무려 5억이나 거래된 계약이기 때문이다. 하지만 노인은 실소를 흘린다.

"젊은 사람들이 꽤나 조심스럽군. 이 가벼운 거래에 이토록 긴장하는 것을 보면 말이야."

"…그럴 사정이 좀 있습니다."

"세상의 모든 거래가 다 가벼울 순 없지 않겠습니까?"

"하긴, 그것도 일리가 있는 말일세."

이제 계약이 성사되어 강수의 땅은 강산에게로 소유권이 이전되었다.

그는 자리에서 일어서 강수에게 악수를 청했다.

"좋은 거래였다."

"그래, 어지간하면 다신 보지 않았으면 좋겠군."

"나 역시."

강수는 돈을 들고 복덕방을 나섰다.

*　　　*　　　*

무기명채권을 가지고 은행으로 향한 강수는 그것을 모두 현금으로 바꾸기로 했다.

"전액 현금으로 찾아가실 겁니까?"

"아니요. 계좌로 송금해 주세요."

"네, 알겠습니다."

한국은 IMF 경제 위기 시절에 국고를 채우기 위한 방법으로 무기명채권을 대량으로 발행했다.

무기명채권은 특별한 명의가 없는 채권으로, 그야말로 신상명세가 없는 차용증이었다.

이곳에 이름을 써 넣으면 그 즉시 주인이 되는 것이다.

기한이 없는 무기명채권은 채권을 발행한 때부터 지금까지의 물가 상승과 환율을 고려하여 돈을 돌려받게 된다.

모든 환매 조건부 채권이 그렇듯 경제가 발전하면 그만큼의 대가를 지급받게 되는 것이다.

한국은 IMF 시절부터 지금까지 그야말로 엄청난 속도로 경제 성장을 거듭했으니 그 환율 상승이 꽤 클 터였다.

강산은 무기명채권을 딱 그만큼만 책정해서 강수에게 건네주었다.

은행에서 환급되는 금액은 정확히 5억 1천만 8백 4십만 원이었다.

이 중에서 세금을 떼면 아마도 강수가 받을 5억이 거의 딱 맞아떨어질 듯했다.

"꽤나 계산적인 놈이군."

강산은 강수에게 채권을 증여함에 따라 발생하는 수수료와 세금까지 계산해 넣은 것이다.

아마도 더 이상의 잡음이 발생하는 것을 원치 않는 것이 분명했다.

이제 강수는 이것을 가지고 아버지가 남긴 빚을 청산하기로 했다.

강수는 정선 읍내에 위치한 농협을 찾았다.

"원금과 이자를 모두 상환하겠습니다. 괜찮으시죠?"

"물론입니다."

강수는 10년 묵은 채증이 한 번에 다 날아가는 느낌이었다.

강산에게서 받은 5억 원 중 1억 5천 정도가 농협에 있는 빚을 탕감하는 데 들어갔다.

이제 희수의 빚을 탕감하고 동네 뒷동산에 만들어놓은 엔트 벌목장을 구매하고 나면 금액이 그리 많이 남지는 않을 것 같았다.

그래도 한탕에 5억이라니, 그리 나쁘지 않은 장사였음은 틀림없었다.

이제 그는 부동산으로 가서 땅을 모두 사들일 작정이다.

*   *   *

강남 펠리스호텔 스카이라운지.

강산은 늦은 식사를 하고 있는 양만철 회장과 허영수 의원 앞에 섰다.

그는 이번 부지 매입에 들어간 추가 금액 5억 원에 대한 책임을 지게 되었다.

허영수는 깊이 고개를 숙이고 있는 강산을 바라보며 혀를 찼다.

"쯧, 배에 기름기가 잔뜩 끼었군. 천하의 강산이 알박기나 당하고 말이야."

"…면목 없습니다."

"그래, 일은 깔끔하게 마무리했나?"

"물론입니다. 앞으로 더 이상의 잡음은 발생하지 않을 겁니다."

"당연히 그래야지. 그래야 우리가 계속 일을 함께할 수 있을 것 아닌가?"

"……."

정치인들에게 깡패는 필요할 때 쓰고 버리는 카드일 뿐이다. 그나마 강산은 수완이 뛰어났기 때문에 양만철, 허영수와의 관계가 지금까지 이어올 수 있었던 것이다.

양만철은 그에게 술 한 잔을 건넸다.

"아무튼 일이 잘 마무리되었으니 되었다. 한 잔 받아라."

"감사합니다, 회장님."

"그리고 앞으론 절대 실수 따윈 있어서는 안 된다. 명심해라."

"예, 알겠습니다."

강산은 씁쓸한 술을 단숨에 넘겼다.

꿀꺽!

'이강수라……'

뒤통수를 맞긴 했지만 이 바닥이 어떤 곳인지 되돌아볼 수 있는 좋은 기회가 되었다.

'언젠가는 이 수치를 꼭 되갚고 말겠다.'

그는 속으로 복수의 칼날을 갈았다.

제2장
벌목업을 시작하다

　아침 10시, 강수는 일찍부터 정선 읍내를 찾았다.

　강수는 얼마 전 춘천에서 벌목업을 하며 남이섬 관리를 맡고 있는 정상만에게 일거리를 받았다.

　부지 10만 평의 산을 벌목하고 골프장을 만들 산을 정리하는 일이었다.

　해서 그는 엔트 벌목장을 인수하고 남은 금액으로 벌목 장비를 사들이기로 했다.

　강수가 가장 먼저 구매하기로 한 것은 중형 집게크레인이었다.

가격이 꽤 만만치 않지만 한 대만 있어도 상차 작업은 문제가 없기 때문이다.

정선에서 중고 장비를 판매하는 성현수는 강수에게 3천만 원에서 4천만 원 사이의 장비들을 보여주었다.

"당장 사용하셔도 무리가 없는 장비들입니다. 정비까지 모두 마쳤지요."

"으음, 볼X에서 나왔군요?"

"예, 그렇습니다."

미국에서 온 장비들은 힘이 좋아서 어지간히 큰 거목이 아니고서는 들지 못하는 나무가 없다.

"가격이 좀 세군요."

"그렇다면 국내 장비도 있습니다."

강수는 그를 따라서 창고 뒤편으로 이동했다.

"대X에서 10년 전에 개발한 장비입니다. 물론 지금도 현장에서 가장 많이 쓰이고 있고요."

"이건 얼마나 합니까?"

"2천만 원이면 적당할 것 같네요."

국산 장비도 힘과 가성비에서 절대 외국산에게 밀리지 않지만 잔고장이 많다는 단점이 있었다.

장비 자체는 저렴하지만 수리와 보수에 들어가는 돈이 꽤 만만치 않을 것이다.

하지만 이제 수리는 걱정할 필요가 없었다.

"300만 깎읍시다."

"에이, 너무 많이 깎으시는 것 아닙니까?"

"싫으시면 어쩔 수 없고요."

강수는 애초에 이 장비를 1,800만 원 선에서 구매하려 마음 먹고 있었다.

그래서 일부러 300만 원을 낮춰서 부른 것이다.

"그럼 1,800에 드리지요. 괜찮으시지요?"

"알겠습니다. 계약합시다."

강수는 집게크레인을 1,800만 원에 구입했다.

*   *   *

벌목에 사용하는 트럭은 일반적인 도로를 달리는 트럭과는 그 구조부터가 다르다.

가파른 산지에서 나무를 가득 싣고 내려와야 하는 벌목업의 특성상 일반적인 트럭은 사용이 불가능했다.

그 때문에 일반적인 차량에 경운기 엔진을 장착한 차량이나 산악용 장비의 엔진을 장착하여 사용했다.

이렇게 개조한 차량들은 일반적인 도로에서는 운용이 불가능하며, 오로지 벌목 산지에서 나무를 옮기는 데만 사용할 수 있다.

강수는 정선 강성마을에서 벌목업을 하다 은퇴한 임현암을 찾아갔다.

그는 올해로 80세가 되었는데, 10년 전에 은퇴하여 지금은 집에서 요양하며 지내고 있었다.

임현암은 강수에게 70년대 미국에서 생산한 트럭에 개조 탱크 엔진을 장착한 산판 차량을 판매하기로 했다.

"400만 원만 줘."

"그렇게 저렴하게 주서도 됩니까?"

"어차피 시장엔 내다 팔 수도 없는데, 뭘."

"하긴, 그건 그렇지요."

벌목업에 사용되는 운반용 산판 차량의 가격이 유난히도 낮은 것은 이 차량에 대한 수요가 극히 적기 때문이었다.

벌목업자가 아닌 이상에야 이 차량을 살 사람은 전무했다.

"그나저나 갑자기 벌목인가? 몸은 다 나았어?"

"이제 일을 시작할 수 있을 정도로 몸이 회복되었습니다."

"그렇군."

"춘천 정상만 소장 아시죠? 그 사람과 함께 일하기로 했습니다."

임현암은 강원도에서 무려 50년 넘게 벌목업자로 일하던 사람이다. 강원도 벌목판에서 그의 손이 닿지 않는 곳은 없다고 할 수 있었다.

"정상만이 괜찮은 놈이지. 하지만 술을 너무 많이 처마셔서 문제야."

"그래도 일은 잘하지 않습니까?"

"잘하긴 개뿔, 요즘 나무꾼들 일하는 것을 보면 내 속이 다 터져."

"후후, 어르신의 눈에 들어오려면 다들 한참은 멀었지요."

"자네도 일은 썩 잘하지만 그래도 내 마음엔 들지 않아. 앞으로 더 많이 정진해야 할 걸세."

"예, 어르신."

강수는 현우의 4.5톤 차량에 산판 차량을 매달고 자택으로 향했다.

*   *   *

오크들과 랄프의 숙소가 있는 숲 속.

강수는 산판 차량과 집게크레인을 이끌고 이곳을 찾았다.

랄프는 자신의 숙소 옆에 드워프족 전통 대장간을 구축했는데, 용광로에서는 마나가 함유된 불꽃이 활활 타오르고 있었다.

강수는 랄프에게 산판 차량과 집게크레인의 제품 정보가

담긴 책자를 건네며 말했다. 그동안 틈틈이 언어를 익힌 덕분에 랄프는 무리 없이 글을 읽게 되었다.

"이것을 새것처럼 고칠 수 있겠나?"

랄프는 장비들을 이리저리 둘러보더니 고개를 끄덕인다.

"이깟 쓰레기쯤이야 반나절이면 반짝거리는 새것으로 만들 수 있지."

"부탁 좀 하자."

"알겠다. 이온음료나 많이 사다 줘."

"알겠다."

대장장이들은 하루 종일 섭씨 40도가 넘는 작업장에서 풀무질과 담금질을 했다.

안 그래도 더운데 두꺼운 가죽 장비를 온몸에 두르고 일하기 때문에 체감온도가 상상을 초월했다.

랄프는 숙련된 대장장이긴 하지만 그 역시 사람이다. 당연히 땀을 흘리면 힘들고 지치게 마련이었다.

강수는 그에게 이온음료를 선물로 주었는데, 그 효과가 아주 좋다고 극찬했다.

음료수에 엔트의 수액을 조금씩 흘려 넣어 효과를 증폭시켰으니 해갈에는 아주 그만이었다.

랄프에게 장비 수리를 맡긴 강수는 시장에서 사온 열 대의 전기톱을 벌목 전담 오크들에게 나누어 주었다.

그리고 이 장비의 사용법에 대해 설명했다.

위이이이잉!

"이렇게 시동을 거는 것이다. 알아듣나?"

"크룩크룩."

오크들을 한 번 가르쳐선 절대로 제대로 그 사용법을 숙지하지 못했다.

때문에 강수는 계속해서 같은 동작을 반복해서 숙달시켰다.

드르르륵, 위이이이잉!

"그래, 그렇게 시동을 거는 거다."

"크룩!"

무려 세 시간 만에 시동 켜는 법을 익혔으니 이제 나무를 베는 방법에 대해 설명해야 할 텐데 그럴 시간이 충분하지 않았다.

다만 톱을 사용할 때 다치지 않는 방법을 가르쳐 벌목에 투입시킬 수밖에 없을 것 같았다.

강수는 해가 질 때까지 열 마리의 오크에게 톱 사용법을 가르쳤다.

*   *   *

춘천 정상만이 소개시켜 준 일은 영월에 컨트리클럽을 만드는 일인데, 강수가 가장 먼저 산지를 정리하게 될 것이다.

벌목업자가 필요한 곳은 생각보다 많다. 크게는 산지를 살리고 가지치기를 해주는 간벌과 산을 초토화시켜 주는 삭벌로 나뉜다.

간벌의 경우엔 산지를 정리해 주고 중요 수목들이 자라는데 문제가 되지 않도록 가지치기를 해주기 때문에 그 시일이 오래 걸리지는 않았다.

하지만 삭벌의 경우엔 산지를 아주 깔끔하게 정리해야 하기 때문에 보다 많은 인력과 시간이 소요됐다.

만약 강수가 강산에게서 5억이라는 돈을 받지 못했다면 엄두도 내지 못했을 것이다.

강수는 먼저 오크들을 미니버스에 실어서 영월 벌목지에 내려주었다.

그리고 이곳에 먹고 잘 수 있도록 간이숙영지를 조성하기로 했다.

랄프는 정선에서 가지고 온 간이숙영지의 부품들을 조립하기 시작했다.

먼저 바닥에 패널을 깔고 중간중간에 말뚝을 박아 바람에 날아가지 않도록 머릿돌을 세웠다.

그리고 그 위에 뼈대가 되는 기둥을 박고 사면에 강화플라

스틱에 스펀지를 덧댄 벽을 시공했다.

위이이이이잉!

이 작업에는 랄프가 시중에 판매하는 드릴을 보고 고안한 만능드릴을 사용했다.

이 드릴은 나사를 박아 넣거나 벽에 구멍을 뚫는 등의 일을 한꺼번에 마무리할 수 있도록 만들어졌다.

거기에 인두와 실리콘 주입용 실린더까지 장착되어 있어 글루건과 실리콘 주입기 역할까지 동시에 수행할 수 있었다.

랄프는 만능드릴로 벽에 나사를 조이고 그 위에 글루건과 실리콘으로 마무리했다.

어차피 이곳에서 하루 이틀 생활할 것이 아니기 때문이다.

단단하게 벽을 세운 후엔 그 위에 지붕을 얹고 내부에 야전침대를 놓고 중앙에 화목난로를 설치했다.

화목난로는 비가 오는 날 오크들의 숙소가 습해서 냄새가 날 경우를 대비한 것이다.

또한 강수에게 빨래를 배운 오크들이기에 빨랫감을 말리기 위해서라도 화목난로는 꼭 필요했다.

간이숙영지를 조성한 후엔 주변 시설들을 설치해서 생활에 불편함이 없도록 해주었다.

랄프는 간이화장실과 빨래터를 개울가 주변에 만들어서

오크들이 냄새가 없는 생활을 할 수 있도록 했다.

이것은 오크들의 위생을 위한 일이기도 했지만 랄프 본인을 위한 일이기도 했다.

그는 오크들에게서 악취가 나는 것을 극도로 싫어했다.

약 반나절 만에 숙영지를 모두 만든 강수는 정선에서 장비를 옮겨다 자신과 랄프의 숙소까지 만들기로 했다.

*　　　*　　　*

춘천에 위치한 정상만 소장의 사무실.

강수는 벌목업자로서 하청 벌목을 수행한다는 내용의 계약서를 채결했다.

계약서에는 강수가 소정의 임금과 벌목한 나무들을 대금으로 받는다는 내용이 적혀 있었다.

정상만은 평균 벌목 가격에 비해 터무니없이 낮은 강수의 계약 조건을 다시 한 번 확인하며 연신 고개를 갸웃거린다.

"도대체 이 가격으로 어떻게 벌목업을 이어나가겠다는 건가? 자네의 동료들도 먹고살아야 할 것이 아닌가?"

"걱정하지 마십시오. 저희는 나무만 받아도 충분히 생활이 가능합니다."

"뭐, 자네가 그렇다면 그런 것이지만……."

강수는 일반 목수의 임금 십분의 일만 받고 나머지는 나무로 받기로 했다.

　만약 정상적인 벌목업자라면 당연히 노발대발할 조건이다.

　영월 컨트리클럽 부지가 만약 아름드리나무만 빽빽한 벌목지라면 몰라도 그곳은 야산이다.

　수입이 되는 나무가 얼마나 나올지 알 수가 없다는 소리다.

　하지만 전부 무임금으로 동원될 인력이니 강수에겐 임금이라는 것 자체가 무의미했다.

　전액이 모두 수익인 강수에게 이런 계약은 오히려 반갑기까지 했다.

　"아무튼 작업은 한 달 안에 끝내는 것으로 하지."

　"예, 알겠습니다."

　강수는 착수금으로 500만 원을 받고 계약서에 서명했다.

　춘천에서 계약을 끝낸 강수는 벌목지에서 생활하는 데 필요한 짐을 챙기기 위해 집에 잠시 들렀다.

　희수는 익숙하게 강수가 짐을 챙기는 데 손을 보탰다.

　"옷가지하고 세면도구는 캐리어 안에 있고, 반찬은 아이스박스 안에 넣어놨어."

　"그래, 고맙다."

"가는 길에 먹으라고 도시락을 쌌으니까 잊어먹지 말고."

"그래."

어려서부터 줄곧 나무꾼 생활을 하던 강수이기에 강원도 산지는 물론이고 전국 팔도를 다 돌아다녔다.

그때마다 옆에서 어깨너머로 강수가 짐 싸는 것을 구경하던 희수는 철이 들면서부터는 자신이 짐을 챙기기 시작했다.

이제 희수는 한 달간 현우의 집에서 신세를 지며 살아가게 될 것이다.

잠은 집에서 자겠지만 그 집안의 보살핌을 받으며 지내게 된다.

"일주일에 한 번은 올 거지?"

"상황을 봐서. 건강원도 운영해야 하니 최소한 이 주일에 한 번은 올게."

"알겠어."

그녀는 강수와 떨어져 지내는 것이 익숙하긴 하지만 아직도 썩 기분이 좋지는 않은 모양이다.

"아니면 내가 갈까?"

"됐어. 그곳이 어디라고 네가 와?"

"그래도……."

"집이나 잘 지켜."

"알겠어."

이제 강수는 길을 떠나야 한다.

그는 지갑에서 체크카드를 꺼내어 그녀에게 건넸다.

"이건 새로운 생활비 카드야. 지금 쓰고 있는 직불카드는 버려."

"얼마나 들어 있는데?"

"200만 원."

"어, 어? 왜 그렇게 많아?"

"병원비하고 밥값 하려면 그 정도는 들 거야. 그리고 남는 돈은 너 써."

"우와! 진짜?!"

"아무렇게나 막 쓰라고 주는 돈 아니야. 허튼 데 쓰다 걸리면 죽을 줄 알아."

"헤헤, 오빠 최고!"

가계가 조금 나아졌으니 동생에게도 시집갈 밑천을 모을 기회는 주어야겠다고 생각한 강수다.

이 돈이면 일 년에 500만 원 정도는 거뜬히 모을 수 있을 테니 목돈 조금만 더 보태면 시집가는 데 문제는 없을 터였다.

"나 간다."

"응, 잘 다녀와! 전화 꼭 하고!"

"그래."

강수는 이내 집을 나섰다.

＊　　　＊　　　＊

정선 읍내에 위치한 남매네 건강원을 찾은 강수는 김소연에게 건강식품을 어떻게 수령할지에 대해 설명했다.

열매 수확부터 착즙까지는 오크들이 알아서 진행하고 물건 운반은 택배회사 직원이 맡기로 했다.

이들을 총괄하는 것은 랄프가 맡을 테니 큰 걱정은 없을 것이다.

"하루에 한 번씩 사무실로 물건이 올 겁니다. 소연 씨는 그것을 택배회사 직원에게 전달하기만 하면 됩니다."

"알겠습니다. 출근과 퇴근은 현행대로 진행하면 되는 것이지요?"

"네, 그렇습니다. 그리고 회사 카드입니다. 잔액은 우리 건강원 공용 핸드폰으로 날아옵니다. 거기에 맞춰서 식비와 교통비를 사용하십시오. 물론 택배 비용도 포함입니다."

"교통비도 지원해 주실 건가요?"

"건강원 매출이 올랐으니 당연히 복지도 향상되어야지요. 조만간 월급도 오를 것이니 그렇게 아십시오."

"감사합니다."

내실이 튼튼한 회사들은 직원들에게 유류비를 지원하거나

교통비를 지급하는 경우가 있다.

강수의 경우엔 아직 인터넷상의 작은 건강원에 불과하지만 내 사람은 살뜰히 챙겨야 한다는 생각을 가지고 있었다.

남매네 건강원은 사람에 의해 돌아가는 사업이고, 김소연은 그 역할을 아주 잘해내고 있기 때문이다.

그는 앞으로 월급을 올려주며 그녀를 계속 이곳에 두고 일을 시킬 생각이다.

"건강원 공용 핸드폰으로 하루에 한 번씩 전화하겠습니다. 물론 바쁘면 못할 수도 있고요. 만약 전화가 안 오면 알아서 문 닫고 퇴근하시면 됩니다. 일이 다 끝나면 일찍 가셔도 되고요."

"알겠습니다. 그렇게 할게요."

"그럼 저는 갑니다."

"다녀오세요."

한 달 동안 건강원을 비워도 아무런 일이 일어나지 않을지는 미지수지만 이 또한 사람을 솎아내는 시험대가 될 것이다.

그는 건강원에 두었던 나머지 짐을 챙겨 현장으로 향했다.

*   *   *

랄프는 이 주일에 한 번씩 영월의 작업장을 찾아 기계를 수리하고 계속해서 정선에 남기로 했다.

이제 강수는 오크들을 데리고 벌목을 시작하면 되었다.

가장 먼저 강수는 엔트의 껍질로 만든 방호 장비를 착용하고 잔가지들을 모두 다 제거하기로 했다.

촤라라라라라락!

잔가지를 치는 것은 플라스틱 줄로 된 예초기를 사용했다.

강수가 잔가지를 치면서 길을 닦으면 오크들이 갈퀴를 들고 그 뒤를 따르면서 길을 정리했다.

슥삭슥삭.

"크룩크룩."

20명이 한꺼번에 길을 닦으며 지나가니 작업은 아주 순조롭게 끝났다.

강수는 한구석에 모아놓은 잔가지와 풀포기들을 1톤 트럭에 싣고 오크들의 숙소 앞에 가져다 놓았다.

이제 이것은 밥을 짓거나 숙소 땔감으로 사용하게 될 것이다.

길을 닦은 후엔 해당 지역의 나무를 베어내기 위한 사전 작업을 시작해야 한다.

강수는 오늘 베어낼 나무의 주변을 깔끔하게 정리해서 혹시나 모를 안전사고에 대비했다.

예초기로 잔풀을 모두 제거한 강수는 전기톱으로 나무의 밑동을 살짝 파냈다.

드르르르르르륵!

사방으로 톱밥이 튀며 나무에 틈이 생겼다.

그는 나무 틈에 말뚝을 살짝 끼워 넣어 나무가 쓰러질 방향을 잡았다.

그리고 그 반대편으로 넘어가 나무를 십분의 일만 남기고 모두 다 긁어냈다.

위이이이이이이잉!

이제 그가 망치로 나무 말뚝을 치면 나무가 쓰러질 것이다.

"모두들 멀리 피해!"

"크룩크룩!"

오크들은 각종 장비를 들고 나무가 쓰러질 반대편으로 달려갔다.

강수는 오크들의 안전을 확인한 후 망치로 말뚝을 때렸다.

따악, 따악, 따악!

말뚝이 나무 깊숙한 곳까지 박혀들어 끝내는 아름드리나무를 쓰러뜨렸다.

뚜둑, 뚜두두두둑, 콰앙!

천으로 입을 가린 강수는 주변의 먼지가 모두 다 가라앉기를 기다렸다.

먼지가 다 가라앉으면 잔가지를 치고 나무를 재단해서 옮기는 일만 남는다.

"집합!"

"크룩크룩!"

오크들은 중형 크레인으로 옮길 수 있는 크기로 나무를 재단하는 일을 담당하게 된다.

그리고 일부는 이것을 크레인과 함께 옮겨 적재하는 일을 맡는다.

뚝딱뚝딱!

아직 전기톱을 쓰기엔 현장이 빡빡하기 때문에 오크들은 일일이 손도끼로 나무를 손질하기 시작했다.

강수는 그들이 작업하는 것을 잠시 살펴보곤 이내 다음 나무를 쓰러뜨리기 위해 이동했다.

나무를 베어내고 다듬은 강수는 집게크레인으로 나무를 선판 차량에 옮겨 실었다.

위이이이잉!

"왼쪽 공간을 더 확보해!"

"크룩크룩!"

선판 차량 구석으로 아름드리나무를 옮긴 20마리의 오크는 다음 나무를 다시 그 옆에 쌓았다.

이렇게 나무를 차곡차곡 쌓아야 차량이 산을 내려가는데 큰 문제가 생기지 않는다.

총 150평의 나무를 모두 처리하고 나니 이제 슬슬 해가 지고 있었다.

"작업 속도가 좀 더디군."

오크가 사람보다 힘은 좋지만 아무래도 의사소통이 원활하지 않으니 작업하는 데 시간이 걸렸다.

하지만 이것도 반복하여 숙달이 되면 빨라질 것이다.

강수는 1톤 트럭에 오크들을 모두 탑승시켰다.

"가자."

"크룩크룩!"

하루 일과를 끝냈으니 깔끔하게 씻고 내일을 준비해야 할 것이다.

강수는 오크들을 데리고 숙소로 향했다.

*　　　*　　　*

강수는 미처 눈치채지 못하고 있었지만 인터넷에서 남매네 건강원의 헛개즙과 호박즙은 대단한 인기를 구가하고 있었다.

이젠 굳이 수수료를 내고 소셜커머스 사이트에 등재시키지 않아도 하루에 생산된 양이 모두 완판될 정도였다.

하지만 한정된 인력으로 돌아가는 남매네 건강원이다 보니 그 생산량을 늘리기엔 아직 무리가 있었다.

대량생산이 되지 않다 보니 제품에 대한 믿음이 쌓여 지금은 단골손님이 무려 5천 명이나 확보되었다.

한 달에 한 박스 정도 복용한다고 치면 기본으로 5천 박스는 팔려 나간다고 볼 수 있었다.

거기에 인터넷 일회용 주문자들까지 포함하면 그 매출은 두 배에서 세 배 정도 될 것으로 예상되었다.

하루 중 가장 바쁜 오후 두 시, 김소연은 귀에 블루투스 이어폰을 꽂은 채 배송에 열중하고 있었다.

각 지역으로 보낼 물건들을 선별하고 일일이 송장을 붙이는 일은 결코 쉬운 일은 아니었다.

하지만 강수가 창고에 지게차와 바코드 시스템이 구축된 태블릿PC를 구매해 두어 작업이 상당히 수월했다.

삐빅.

[서울 강북구 미아동 5XX—XX번지]

박스에 바코드를 부착하여 처음부터 고객의 정보를 등록

하기 때문에 송장만 작성하면 끝이다.

그녀는 태블릿PC에 달려 있는 소형 프린트에서 네모난 고객 정보지를 뽑아내 송장에 부착했다.

이제 이 박스를 택배회사로 보내면 각 주소지에 맞는 송장을 다시 발부하여 배송을 시작하게 된다.

김소연은 다음 날 아침에 출근해서 이 송장들에 맞게끔 배송이 진행되고 있는지 확인만 해주면 되었다.

4시 30분, 드디어 길고 긴 작업이 끝났다.

"후우, 기운이 빠지는구나."

그녀는 강수가 사다 준 커피머신에 원두를 넣고 커피를 내렸다.

쏴아!

이제 남은 작업은 배송 중에 생긴 쓰레기만 정리하면 되었다.

혼자서 이 작업을 모두 다 해내려니 부담도 되었지만, 이제는 많이 익숙해졌다.

사장인 강수가 가끔 먹을 것을 사다 줘서 그렇게까지 외롭다는 생각은 들지 않았다.

커피 한 잔의 여유를 즐기며 막간의 휴식을 만끽하던 그녀는 불현듯 울리는 사무실 전화기를 바라보았다.

따르르르르릉!

"사장님인가?"

그녀는 자리에서 일어나 전화를 받았다.

"남매네 건강원입니다."

ㅡ안녕하십니까? 저희는 주식회사 테C코라고 합니다. 혹시 사장님 계신지요?

순간 그녀는 자신의 귀를 의심했다.

"뭐라고요? 어디요?"

ㅡ주식회사 테C코요. 저희가 이번에 집플러스 강릉 2호점을 개점하는데, 그 안에 사장님의 건강식품을 입점할까 해서요. 혹시 사장님과 통화가 가능할까요?

"자, 잠깐만요."

ㅡ네, 알겠습니다.

수화기를 살짝 막은 그녀는 이게 도대체 무슨 일인가 싶었다.

"금성그룹에서 전화가 오다니, 이게 무슨……."

금성그룹은 대한민국 재계 1순위 그룹으로 휘하에 엄청난 규모의 기업들을 거느리고 있다.

그중에서도 테C코는 각종 외식 사업과 대형마트 사업으로 대한민국 1위를 달리고 있는 기업이다.

그런 그들이 강수의 건강식품에 관심을 갖다니 엄청난 일이 아닐 수 없었다.

그녀는 잠시 진정하고 다시 전화를 받았다.

"지금 사장님이 외근을 나가셔서요. 그래서 지금 가게에 안 계시네요."

─그럼 언제쯤 돌아오십니까?

"전화번호를 남겨주시면 사장님께 전해드리겠습니다."

─알겠습니다. 번호를 알려드릴 테니 꼭 좀 전해주십시오.

"네, 알겠습니다."

전화를 끊은 그녀는 곧장 강수에게 전화를 걸었다.

* * *

산에서 벌목한 나무는 숙소 앞에 차곡차곡 적재해 두었다가 정선에 위치한 강수의 임야 창고로 옮길 것이다.

강수는 벌목한 목재로 산간지방에 원목으로 집을 짓거나 조형물을 만들어 팔 생각이다.

둘째가라면 서러워할 손재주 좋은 드워프 장인이 있으니 집을 짓는 일은 별 무리가 없을 것이다.

더군다나 드워프들은 자연에서 얻은 재료로 집을 짓는 것에 특화되어 있으니 분명 인기를 끌 것이다.

오늘도 고단한 하루를 끝내고 샤워를 마친 강수는 저녁 식사를 하기 위해 오크들을 불러 모았다.

삐이이이익!

"집합!"

"크룩!"

이제 제법 체계적인 훈련이 되어서 그런지 호루라기 한 번이면 알아서 줄을 섰다.

강수는 오크들에게 고기와 빵을 나누어 주고 엔트의 수액이 섞인 이온음료를 마시도록 했다.

빵에는 엔트의 수액이 첨가되어 있어 원기 회복에 좋으며 고기는 강수네 작업장에서 잡은 닭으로 만들었다.

강수 역시 자신이 만든 백숙에 막걸리를 한 잔 걸쳤다.

꿀꺽!

"크흐, 좋다!"

작업이 끝난 후엔 이렇게 막걸리로 해갈하는 것이 크나큰 낙 중의 하나였다.

얼큰하게 한 잔 걸친 강수에게 전화가 걸려왔다.

따르르릉!

"네, 이강수입니다."

─사장님, 건강원이에요.

"김소연 씨? 이 시간에 어쩐 일입니까? 저녁 시간이 훌쩍 지났는데요."

─아까 퇴근 시간에 금성그룹에서 전화가 왔어요!

"금성그룹이요?"

─우리 건강식품을 집플러스에 입점하고 싶대요!

한껏 들뜬 그녀의 목소리에 강수는 고개를 갸웃거렸다.

"그렇게 큰 점포에서 우리 제품을 뭐 하러 입점한답니까?"

─요즘 우리 건강원 제품들이 아주 인기가 좋아요. 모르고 계셨나요?

"그렇습니까?"

─그래요. 아주 인기가 좋아서 제가 정신이 하나도 없을 정도예요.

"으음."

─아무튼 전화나 한번 해보세요.

"알겠습니다."

강수는 김소연에게서 전화번호를 받아서 메모했다.

제3장
수렁에 빠지다

　강릉 금학동에 위치한 한 카페.

　강수는 집플러스 관계자와 마주 앉아 있었다.

　그녀는 자신을 강성희 팀장이라고 소개하며 강릉 제2집플러스에 건강식품 코너를 조성할 것이라며 운을 뗐다.

　"잘 아시겠지만 저희 집플러스는 식품 잡화는 물론이고 건강식품까지 두루 판매하고 있어요. 잘만 하면 이번 기회에 남매네 건강원의 이름을 더 널리 알리게 될지도 모르지요."

　"으음, 집플러스라……."

　강성희 팀장의 제안은 일단 강릉 집플러스에 국한된 진출이었다.

초도 물량은 열 박스 내외로, 이제 막 집플러스에 생겨난 건강식품 매장 한편을 채우겠다는 생각 같았다.

조건은 그리 나쁜 편이 아니었지만 초도 물량을 납품하는 단가가 문제였다.

그녀는 강수에게 약 5% 낮은 가격으로 납품하는 조건을 제시했다.

"호박즙 한 박스의 가격이 1만 3천 원으로 책정되어 있더군요. 일단 이것을 1만 원으로 조정해 주신다면 바로 입점 허가가 떨어질 겁니다. 그 이후 가격을 올리는 쪽으로 가닥을 잡으시지요."

"흠, 글쎄요."

강수가 그녀의 제안을 받고도 썩 마뜩찮은 표정을 짓는 것은 어쩌면 당연했다.

지금도 강수는 꽤 낮은 가격으로 건강식품을 판매하고 있는데 여기서 더 가격을 내린다면 업계에서 무슨 욕을 할지 모르기 때문이다.

아무리 인터넷으로 물건을 사고파는 것이 일반화되어 있다곤 해도 엄연히 그 업계에도 상도덕이 존재했다.

더군다나 한 번 가격을 내리면 언제 오를지 모르는 것이 호박즙인데 업계의 반발을 무릅쓰고 가격을 내릴 수는 없었다.

"참 좋은 기회이긴 합니다만 조건이 좀 마음에 들지 않네요."

"그런가요?"

"만약 제값을 주고 살 생각이 있으시다면 다시 연락을 주십시오."

이윽고 강수는 자리에서 일어섰다.

"좋은 기회라고 생각하지 않으세요?"

"기회는 기회인데 그게 좋은 기회인지는 잘 모르겠습니다. 사람이 기회와 함정을 제대로 구분하지 못하면 나락으로 떨어지게 마련입니다. 지금 제가 느끼기엔 당신의 제안이 후자가 될 수도 있겠다는 생각이 드네요."

"으음, 그렇군요."

"그럼 저는 이만……."

강수는 카페를 나섰고, 그녀는 잠시 그 자리에 앉아 있다가 강수의 뒤를 따랐다.

그리고 그가 거리로 나섰을 때, 그녀가 강수의 옷깃을 잡았다.

"좋아요. 2차 협상을 합시다."

"2차 협상이요?"

"제가 본사에 제값을 주고 물건을 산다는 기획안을 다시 올릴게요. 어때요?"

"으음."

"대신 협상 결렬이라는 말은 접어주세요."

값을 올려준다는데 강수로서도 손해 볼 일은 없을 것 같았다.

"좋습니다. 그럼 그때 다시 얘기합시다."

"그래요."

그제야 그녀는 자신의 갈 길을 갔고, 강수 역시 건강원으로 향했다.

＊　　　＊　　　＊

집플러스 입점을 보류했다는 소식에 김소연은 상당히 실망한 표정을 지었다.

"우리도 대기업 등에 올라타서 고속 성장을 할 수 있다고 생각했는데……."

"거부한 건 아닙니다. 잠시 보류한 것이지."

"그래도……. 그러다 만약 저들의 마음이 변하면 어째요?"

"그렇다면 별수 없지요."

"…우리가 입점하지 않으면 손해일 텐데……."

강수는 고개를 가로저었다.

"사람은 주어진 일을 잘하면서 살아가면 됩니다. 괜히 그

런 사탕발림에 넘어가 손해를 보는 것보다는 지금이 나아
요."

"뭐, 사장님이 그렇다면 어쩔 수 없고요."

강수는 그녀에게 이력서 한 장을 건넸다.

"받으세요."

"뭡니까?"

"요즘 일손이 달린다는 소리를 들었어요. 그리고 이제 곧
농장 규모도 조금 더 늘릴 생각이니 사람이 더 필요하지 않겠
습니까."

"직원을 더 뽑겠다는 말씀이신가요?"

"물론입니다. 인기가 좋은데 굳이 한정 생산을 할 이유는
없잖습니까?"

"그렇긴 하지요."

"오늘 면접입니다. 함께 면접을 봅시다."

"네, 그렇게 할게요."

강수는 점심시간이 지나면 곧 찾아올 면접 대상자들을 기
다렸다.

이번 면접에 참가한 사람은 총 네 명으로 김소연보다 약
10%가량 낮은 임금으로 책정했다.

엄연히 따지면 선배인 그녀가 월급이 똑같으면 후임자가

태만해질 수도 있다는 것이 강수의 생각이었다.

"이종수 씨?"

"예, 사장님."

"농업대학을 나왔군요. 최근까지 농협에서 일했고요."

"그렇습니다."

"그런데 왜 하필이면 우리 회사에 지원한 거죠?"

"남매네 건강원에서 판매하는 제품에 도대체 무슨 특별한 것이 있는지 궁금해서 지원했습니다."

"개인적인 호기심 때문에 지원했다는 것인가요?"

"그렇다고 볼 수도 있지요."

강수는 면접자의 개인적인 사정에는 별 관심이 없는 사람이지만 공기업에서 나올 정도로 남매네가 흥미롭나 싶은 생각이 들었다.

"당신이 만약 우리 회사에 들어오면 생각보다 박봉으로 일하야 합니다. 그래도 괜찮아요?"

"상관없습니다."

"열정이 대단하군요. 그 원동력에 대해서 물어봐도 되겠습니까?"

"원동력이라……. 제 어머니의 병이 이 회사의 건강식품을 먹고 효능을 보았다면 대답이 될까요?"

강수와 김소연은 그제야 이해가 간다는 듯 고개를 끄덕였다.

"으음, 그렇다면 답이 되었군요."

"게다가 제가 이 정선에서 구할 수 있는 직장이 한정적이라는 것도 한몫했습니다."

확실히 정선에는 인재도 드물지만 구할 수 있는 직장도 상당히 적었다.

그는 서울에서 근무하다 이곳으로 근거지를 옮기면서 먹고살 길이 막막해졌던 모양이다.

"좋습니다. 내일부터 출근하십시오."

"감사합니다. 열심히 하겠습니다."

"내일 근로계약서를 작성하고 본격적으로 일해봅시다."

"예, 알겠습니다."

이윽고 그가 집으로 다시 돌아가고 난 후 김소연이 강수에게 물었다.

"그런데 사장님은 왜 그렇게 사람을 급하게 뽑나요?"

"급하게 뽑다니요?"

"기왕이면 집안 사정 정도는 자세히 들어볼 필요가 있잖아요. 그렇게 단편적인 것만 보고 어떻게 사람을 뽑을 수 있나 싶어서요."

"대외적인 스펙이 좋으면 대부분 일하는 능력도 생각보다 뛰어납니다. 그 대표적인 예로 김소연 씨가 있지요."

"뭐, 그렇게 생각해 주신다면 감사하지만……."

"이 세상에 사연 없는 사람은 없습니다. 그냥 일 잘하는 사람이면 충분해요."

"하긴."

강수가 사람을 보는 기준은 아주 간단했다.

자신에게 도움이 될 사람인지 아닌지만 판단하면 더 이상의 조건은 무의미했다.

"내일은 우리도 회식이나 한번 합시다."

"그래도 괜찮아요? 바쁘시다면서요."

"하루 정도는 괜찮습니다."

"저야 좋지요."

첫 회식이 잡혔다.

*　　　*　　　*

다음 날 저녁, 남매네 건강원의 신입사원 환영회 겸 회식이 열렸다.

강수는 건강원에서 그리 멀지 않은 곳에 있는 술집과 고깃집을 회식 장소로 잡았다.

1차는 고기로 든든히 배를 채우고 2차부터 본격적으로 술을 마시기로 했다.

강수는 돼지갈비를 주 메뉴로 정하고 회식을 시작했다.

"반주로 한잔합시다."

"건배!"

세 사람은 맥주에 소주를 조금 타서 술잔을 부딪쳤다.

챙!

세 사람은 화끈하게 단숨에 비웠다.

꿀꺽!

"크흐, 좋군!"

"소맥의 농도가 아주 좋네요. 어디서 배웠나요?"

그녀의 질문에 강수가 별것 아니라는 듯 답했다.

"어디서 배우긴요, 산에서 배웠지요."

"산에서 술을 마셔요?"

"나무꾼 생활을 하다 보면 술은 거의 필수품이라고 할 수 있습니다. 그때 배운 것이지요."

이윽고 술이 몇 잔 들어가고 난 후 김소연은 금성그룹의 제안을 다시 상기시켰다.

그녀는 못내 아쉽다는 투로 말했다.

"아무리 생각해도 이번 건은 사장님께서 성급하게 결정하신 것 아닌가 싶네요."

"무슨 말입니까?"

김소연은 새로 입사한 이종수에게 집플러스 입점에 대해 설명했다.

그는 가만히 얘기를 듣더니 이내 강수의 편을 들었다.

"사장님께서 잘하신 것 같은데요."

"어째서요?"

"만약 우리가 집플러스에 입점했다고 칩시다. 무리해서 입점하느라 손해요, 동종 업계에서 린치해 손해 보는 장사가 시작되는 겁니다. 그런 밑지는 장사를 굳이 할 필요는 없지요."

"하지만 미래성은 보장되어 있잖아요."

이종수는 고개를 가로저었다.

"아니요. 그렇지 않아요. 그냥 건강 코너 한구석을 채우기 위한 전략 아니겠습니까?"

"그래요?"

"제 생각엔 그렇습니다. 적당히 저울질하는 쪽은 집플러스가 아니라 우리가 되어야 합니다. 그래야 사업하기 좋아요."

강수는 이 모든 것이 다 건강원 발전의 과도기라고 생각했다.

"앞으로 이런 일이 계속될 것이지만 충분히 고민하고 조심스럽게 일해서 잘 헤쳐 나갑시다."

"예, 사장님."

"한잔하시죠."

세 사람은 다시 술잔을 부딪쳤다.

일주일 후, 강수는 춘천의 벌목장에서 철수했다.

생각보다 일찍 작업을 끝낸 강수는 벌목을 해주고 받은 나무를 손질해 집을 짓는 데 사용하기로 했다.

산을 벌목하고 남은 온전한 원목이 그다지 많이 않았기 때문에 산림조합에 돈을 받고 팔 수량은 되지 않았다.

뚝딱뚝딱!

강수는 랄프가 그려준 도면을 따라 나무를 조각했고, 랄프는 원자재 상인에게 사온 석재를 가공했다.

지이이이잉잉, 까가가가강!

해머드릴로 돌을 쪼개어 원하는 모양대로 조각한 랄프는 그것을 망치로 세세히 다듬었다.

뚝딱뚝딱!

나무는 일체형으로 만들어 기둥을 세우고, 그 틈새는 콘크리트로 메웠다.

바닥은 온수 시설과 전기 배선을 하고 그 위에 시멘트를 발라 온돌 시스템을 구축했다.

강수는 온돌이 들어가게 될 바닥의 마감을 끝내고 외부에서 전선을 들여오는 구멍을 만들어놓았다.

전선이 들어오는 구멍을 여러 개 뚫어놓아 사방 어느 곳에서라도 전기가 들어와도 문제가 없게끔 만들었다.

그리고 그는 바닥에 작은 홈을 만들어놓았는데, 이것은 초대형 지게차의 발톱이 들어가는 구멍이다.

강수는 지게차의 발톱과 같은 크기의 나무를 바닥의 홈에 끼워 보았다.

쿵쾅쿵쾅!

"으음, 좋아. 딱 맞는군."

"이대로 기계로 들어 올려도 문제없겠지?"

"내 설계는 완벽하다. 네 목수 경력도 있으니 별문제는 없을 거다."

강수는 통나무집을 지어 통째로 판매할 수 있도록 설계했다.

집을 짓는다는 것은 땅 위에 건물을 올려 이득을 취하는, 그러니까 부동산 투자인 셈이다.

하지만 집을 팔지 못하게 되면 이득을 보지 못한다는 소리가 된다.

때문에 강수는 공짜로 얻은 것이나 마찬가지인 목재로 집을 짓고 그것을 통째로 팔아먹을 생각인 것이다.

강수는 조감도의 집 형태를 다시 한 번 확인했다.

"이대로 시공한다면 적어도 두 달 안에는 끝낼 수 있겠어."

"으음, 너무 느린 것 아닌가?"

"별수 있나. 오크들을 데리고 작업하는데 이 정도는 감수
해야지."

1층 35평에 2층 15평 집을 짓는데 걸리는 시간치곤 두 달
도 생각보다 긴 시간이다.

하지만 두 달에 최소한 8~9천만 원 정도의 수익이 예상되
니 강수로선 나쁠 것이 없는 장사다.

두 사람은 오크들을 데리고 계속해서 작업에 열중했다.

                    *   *   *

집플러스와의 2차 협상은 좋은 방향으로 풀렸다.

강성희 팀장은 남매네 건강원이 판매하는 물품을 각 열 박
스씩 초도 물량으로 받고 판매와 동시에 지속적으로 물건을
조달해 주기로 했다.

하지만 광고와 시음에 필요한 물량은 전부 강수가 조달하
고 추가적으로 필요한 시음 물량도 지속적으로 공급한다는
것이 그 조건이었다.

일부러 인터넷에 광고까지 내는 마당에 시음회에 몇 십만
원 투자하는 것은 그리 어려운 일도 아니었다.

강수는 집플러스와 계약하기 위해 강릉으로 향했다.

집플러스 강릉지사장과 영업이사를 대동한 강성희 팀장이

강수를 맞았다.

　강수는 지사장실에 먼저 나와 있던 세 사람에게 고개를 숙였다.

　"제가 조금 늦었습니까?"

　"아니요. 괜찮습니다."

　지사장은 강수에게 웃는 낯으로 손을 내밀었다.

　"지사장 유성준입니다."

　"이강수라고 합니다."

　"말씀은 많이 들었습니다. 듣자 하니 건강식품에 대한 조예가 상당히 깊으신 것 같더군요."

　"그냥 운이 좋았을 뿐입니다."

　집플러스는 고객에 대한 친절을 최우선으로 한다는 슬로건에 걸맞게 강수를 아주 깍듯하게 대했다.

　"아무튼 먼 길 오시느라 고생 많았습니다. 일단 다른 것은 접어두고 계약부터 진행하시죠. 사장님께서도 시간이 생명 아니겠습니까?"

　"배려에 감사드립니다."

　강수는 계약에 필요한 서류들을 꺼내놓고 집플러스에서 준비한 계약서를 살펴보았다.

　"조건은 일전에 저희 강성희 팀장이 말씀드린 것과 동일합니다. 괜찮으시죠?"

"물론입니다."

꼼꼼하게 계약서를 확인한 강수는 서명란에 이름을 적고 인감도장을 찍었다.

유성준 역시 계약서를 몇 번이고 검토한 후 직접 서명했다.

이로써 계약은 모두 끝났다.

"앞으로 잘 부탁드립니다. 저희 집플러스 강릉점이 강원도 최고의 지점이 될 수 있도록 많이 도와주십시오."

"저야말로 잘 부탁드립니다."

강수는 금성그룹이라는 호랑이의 등에 발을 하나 걸치는 기회를 만들었다.

* * *

금성그룹에서 운영하는 초대형 마트의 저력은 대단했다.

남매네 건강원에서 판매하던 호박즙이 집플러스에 납품된다는 소문이 퍼지자 소비자들의 규모가 무려 세 배 가까이 늘어났다.

이것은 오로지 온라인상에서 집계된 숫자이고, 오프라인에서 판매되는 물량은 아직 정산되지 않았다.

항간에는 출시 이틀 만에 물량이 모두 완판되었다는 소리도 들려왔다.

2차 협상 끝에 입점한 보람이 있었다.

강수는 산에서 열매를 수확하던 오크들을 착즙 현장으로 보내고 산에서 집을 짓고 있던 오크들의 절반을 산으로 보냈다.

이렇게 하루 종일 일을 시켜서 얻은 물량을 전국으로 뿌린 후 남은 것은 모두 집플러스에 납품했다.

때마침 여름이 완연해 오고 있었기 때문에 호박즙을 비롯한 다이어트 식품은 날개 돋친 듯 팔려 나갔다.

인터넷 후기에 올라온 사진들을 적극 활용하는 집플러스의 전략 덕분인지 소문은 조금 더 빠르게 퍼져 나갔다.

강릉 집플러스에 건강식품을 납품한 지 이 주일, 강수는 삼척점과 동해점에서도 러브콜을 받았다.

집플러스 동해점과 삼척점에서 강수에게 건강식품 입점에 대한 협상을 통보해 온 것이다.

동해점과 삼척점에서 나온 영업이사들은 강수에게 강릉점과 같은 계약 조건을 내걸었다.

하지만 시음에 들어가는 물량도 전부 자신들이 떠안고 그 금액을 지불하겠다는 것이 달랐다.

보다 좋은 조건을 내거는데 강수가 이를 거부할 리 없었다.

동해점에서 이뤄진 계약 건을 실행하기 위해 강수는 직접 동해로 향했다.

전체적인 분위기가 상당히 깔끔하고 정갈한 느낌인 동해 중앙 지역은 정선이나 강릉과는 또 다른 느낌이었다.

강릉이 대전과 같은 광역시의 느낌이라면 동해는 마산이나 청주 같은 위성도시의 느낌이라고 할 수 있었다.

동해 시내에 위치한 카페를 찾은 강수는 동해와 삼척지사장을 만날 수 있었다.

그들은 요즘 강원도 지점에 대한 그룹의 강도 높은 감사에 머리가 빠질 지경이라고 했다.

그 돌파구 중 하나로 히트상품의 입점을 선택한 것이다.

만약 그들의 입지가 이렇게까지 좁아지지 않았다면 애초에 강수의 계약은 성사되지 않았을지도 모른다.

"초도 물량은 내일까지 인도해 주시는 것으로 하시죠."

"으음, 조금 빠듯한데요."

"우리의 사정도 한번 봐주시지요."

대형마트가 기획 행사를 여는 것이 하루 이틀 일은 아니지만 지금은 한창 노출의 계절이 도래한 시기다.

건강식품과 바캉스용품, 과일과 돼지고기와 같은 여름 상품이 히트를 칠 타이밍이라는 소리다.

"입점을 앞당겨 주신다면 선수금을 지불할 생각도 있습니다."

"흐음."

"어떠십니까?"

강수는 그들의 제안을 받아들였다.

"좋습니다. 내일까지 원하시는 물량을 조달해 보도록 하겠습니다."

"감사합니다. 귀사에 누가 되지 않도록 최선을 다해 팔겠습니다."

세 사람은 손을 맞잡은 후에 계약서에 서명했다.

*　　*　　*

짐플러스의 건강식품 코너.

여름 기획 상품이 날개 돋친 듯 팔려 나갔다.

또한 그와 함께 노출을 대비한 다이어트 용품이 덩달아 마치 썰물처럼 팔려 나갔다.

이대로라면 강원 지역의 감사를 무사히 마칠 수 있을 것 같았다.

"건강식품 세일입니다!"

"다이어트식품 삼종 세트 파격 세일입니다!"

여기저기서 소비자들의 시음과 구매가 줄을 지어 이어지고 있었다.

그 와중에 복장이 무척 수상해 보이는 청년 둘이 매장 이곳저곳을 기웃거리고 있었다.

그들은 계절과 전혀 어울리지 않는 트렌치코트에 야구 모자를 푹 눌러쓴 채 아까부터 집플러스를 배회하고 있었다.

보안요원들이 그들을 예의 주시하고 있었지만 이렇다 할 돌발행동은 하지 않고 있으니 딱히 제재할 수도 없었다.

하지만 그들은 계속해서 청년들에게 시선을 집중하고 있었다.

—여기는 2번 구역, 거수자 둘이 4번으로 이동한다.

—이상 행동은?

—딱히 없다.

—거참, 뭐 하는 놈들이지?

—여기는 중앙통제실, 모두들 놈들을 놓치지 않도록 긴장한다.

—알겠습니다.

한때 대형마트는 파파라치와 방송국 PD들의 스파이로 골머리를 앓은 적이 있었다.

그들은 마트의 어두운 일면을 끝까지 파헤쳐서 특종이나 포상금을 얻어냈다.

그 집요함은 혀를 내두를 정도였기 때문에 중앙통제실은 수상쩍은 사람이 나타나면 유독 민감하게 움직였다.

—어디까지 움직였나?

—4번… 응?

—왜 그러나?

—팀장님, 놈들이 보이지 않습니다!

—입구 쪽은 어떻게 되었나?

—없습니다. 주차장 쪽도 없습니다!

—이 새끼들, 뭐지?

갑자기 종적을 감춘다는 것은 상당히 수상쩍은 행동이다.

—또 파파라치인가?

바로 그때였다.

—팀장님! 코트를 찾았습니다!

—놈들은?

—없습니다! 옷만 갈아입고 튄 것 같습니다!

—젠장! 그 안에 단서가 될 만한 것은 없었나?

—명함이 한 장 있습니다. GBS?

집플러스 강원지점의 보안을 총괄하고 있는 김명진 팀장은 이마에 손을 얹었다.

—빌어먹을! 또 파파라치인가?

—어떻게 할까요?

—어떻게 하긴, 입구를 죄다 틀어막아야지!

—알겠습니다. 지하주차장부터 5층까지 전부 봉쇄하겠습니다.

—제기랄!

입구를 봉쇄하긴 했지만 이런다고 파파라치를 잡을 수는 없었다.

누가 누구인지 알아볼 수가 없는데, 무작정 사람들을 잡고 짐을 뒤질 수는 없는 노릇이기 때문이다.

그로부터 두 시간 후, 보안요원들은 중앙통제실로 모였다.

김명진 팀장은 잔뜩 굳은 얼굴로 요원들을 바라보았다.

"…그러니까 두 시간 동안 뺑이 쳐서 얻은 것이라곤 그 코트 한 장과 명함뿐이라는 거지?"

"면목 없습니다."

그는 스트레스를 이기기 위해 담배 한 대를 피워 물었다.

"쓰읍, 후우."

"티, 팀장님, 이곳은 금연인데……."

김명진은 실소를 흘렸다.

"지금 그게 문제야? 저 새끼들이 또 뭘 털어갔는지 알 수가 없는데!"

"아아……."

"만약 저놈들이 저번처럼 작정하고 달려들면 우리로선 손쓸 도리가 없어. 잘 알지 않나?"

5년 전, 대형마트들은 식품 코너의 판매 현황과 위생 상태에 대해 한 차례 폭격을 받은 적이 있었다.

그때 집플러스의 매출은 무려 40~50% 이상 감소하였으며 주가는 한 달 동안 바닥을 쳤다.

이 암흑기를 기점으로 대형마트의 질이 높아지긴 했지만 그때의 손해는 3년을 내리 적자 행진을 했을 정도로 심각했다.

"하필이면 GBS에서……. 제길, 머리 좀 아프겠군."

그는 GBS라는 종편방송국이 얼마나 무서운 놈들인지 너무나도 잘 알고 있었다.

집플러스의 주식이 반 토막 나던 시절에 그들은 이 사건을 가지고 전국의 소비자들을 부추겨 신드롬까지 만들어냈다.

한마디로 그들은 집플러스에겐 사신이나 마찬가지였다.

"아무튼 일단 언론에서 뭘 깔지 모르니까 위생 상태하고 판매 실적 아주 깔끔하게 정리해 놔. 알겠나?"

"예, 팀장님."

그는 복잡한 심경을 얼굴에 그대로 나타내고 있었다.

*   *   *

GBS 강원지부.

강영민 PD는 자신이 고용한 파파라치 두 사람에게 USB를 건네받았다.

"여기에 영상이 다 들어 있다는 것이지요?"

"예, 그렇습니다. 한번 확인해 보시지요."

파파라치들이 찍어온 영상은 강영민 PD의 노트북에 연결되어 상영되었다.

영상에는 강원도 소재의 한 건강원에서 만들어낸 건강식품의 재조 과정이 모두 담겨 있었다.

이 영상에 나온 제조 과정은 상당히 불결해 보였는데, 돼지 사료를 만든다 해도 이렇게까지 더럽게 만들 것 같지는 않았다.

착즙기는 언제 닦았는지 모를 정도로 건더기가 덕지덕지 붙어 있고 중탕기에는 여기저기 파란색 곰팡이가 피어 있었다.

절로 눈살이 찌푸려지는 영상에 강영민 PD는 함박웃음을 지었다.

"하하, 하하! 바로 이겁니다!"

"어때요? 제대로지요?"

"그래요. 아주 좋습니다."

이윽고 영상은 이 건강식품들이 어떻게 유통되는지 보여주었다.

건강원에서 포장된 건강식품은 집플러스 물류 차량에 실

려 각 지방으로 흩어져 갔다. 그리고 그 식품은 고스란히 소비자들에게 공급되었다.

"이 식품들이 얼마나 팔렸습니까?"

"저희가 찍은 것만 해도 몇백 상자는 넘게 팔렸을 겁니다. 거기에 세 가지 식품 골라 담기 같은 행사도 진행됐으니 눈으로는 제대로 셀 수조차 없을 정도지요."

"후후, 이게 진짜 제대로 된 파파라치지요."

파파라치들은 그에게 손을 내밀었다.

"약속하신 돈은요?"

"여기 있습니다."

흰색 봉투에 담긴 돈을 확인한 파파라치들은 만족스러운 얼굴로 돌아섰다.

"또 시키실 일이 있으면 말씀하십시오."

"알겠습니다."

강영만 PD는 득의에 찬 미소를 지었다.

*　　　*　　　*

한가로운 토요일 아침.

강수는 이제 곧 홈페이지에 올려 판매할 이동식 전원주택 공사로 바쁜 일정을 보내고 있었다.

슥삭슥삭!

그는 대패질을 하고 망치질을 해서 나무를 다듬고 마감재를 덧발라서 지붕으로 사용할 나무를 손질하고 있었다.

"으음, 이제 외부에 들어갈 자재는 어느 정도 마감이 된 건가?"

"그렇다고 볼 수 있지."

강수는 이제 앞으로 열흘 정도 남은 공정 과정을 지켜보며 완성되었을 때의 모습을 상상했다.

한가롭게 강아지가 뛰어놀 수 있는 마당에 자리 잡은 전원주택은 마치 한 폭의 그림 같았다.

"좋아, 좋아. 이 정도면 상품 가치가 충분하겠어."

"이제부턴 속을 어떻게 채우는지가 관건이겠군."

"그런 셈이지."

랄프와 함께 도면을 살펴보고 있는데 강수의 전화기가 울렸다.

따르르릉!

"네, 이강수입니다."

─사장님?!

"김소연 씨? 무슨 일입니까?"

─큰일 났어요! 지금 어디 계세요?!

"진정하고 차근차근 말씀하세요. 뭐가 큰일이라는 소리입니까?"

그녀는 숨이 넘어갈 듯한 목소리로 말을 이었다.

―지금 GBS에서 집플러스 건강식품을 비롯한 열다섯 개 품목에 대해 공정 과정을 추적해서 인터넷에 공개했어요.

"그런데 그게 무슨 문제라는 겁니까?"

―우리는 큰 상관이 없지만 몇몇 업체가 지금까지 더럽게 영업을 해온 모양이에요. 인터넷이 아주 난리가 났어요.

강수는 통화를 진행하는 동시에 스마트폰으로 인터넷 기사를 검색했다.

[집플러스 15개 품목에 대한 진실, 사태가 심각!]

[건강식품, 그 생산 과정은 참혹!]

인터넷 기사에는 집플러스에 납품되는 상품 중 그 생산 과정이 비위생적이고 불결한 품목들에 대한 동영상이 업로드되어 있었다.

동영상에는 차마 눈을 뜨지 못할 정도로 더러운 장면이 연출되어 있고, 자막과 모자이크 처리는 충격을 가중시키고 있었다.

이 동영상을 시청한 사람은 무려 500만, 그것도 기사 한 개당 시청률이 이러하니 나머지 인터넷 기사들을 합치면 그 시청률은 상상을 초월할 것으로 보였다.

최근 집플러스에서 물건을 구매한 소비자들은 몇몇 업체와 함께 강수의 남매네 건강원도 싸잡아 욕하고 있었다.

그도 그럴 수밖에 없는 것이, 강수의 상품에 다른 업체의 상품이 섞여서 팔려 나간 경우도 꽤나 많았기 때문이다.

"이런 제기랄!"

—어쩌죠? 이제 정말 어떻게 해요?

"지금 제가 그쪽으로 가겠습니다."

강수는 당장 일손을 놓고 건강원으로 향했다.

제4장
난리

　백문이 불여일견이라는 말은 좋지 않은 일일 때 더 실감할
수 있다.

　강수가 인터넷에 게시된 글이 시작에 불과하다는 사실을
알아채는 데는 그리 오랜 시간이 걸리지 않았다.

　현재 집플러스의 고객센터에는 무려 300명이 넘는 고객이
줄을 지어 서 있었다.

　그리고 그들은 잔뜩 화가 난 얼굴로 고객센터 앞을 점거했
다.

　"어서 물건을 바꿔줘요!"

"고객님, 앞서 말씀드렸지만 지금 사가신 제품은 아무런 하자가 없는 것으로⋯⋯."

"지금 나랑 말장난하자는 거예요?! 그런 쓰레기 같은 시설에서 만든 물건을 도대체 어떻게 먹으라는 건가요?!"

"에잇, 다 필요 없어! 사장 불러와!"

강수는 이 난리통의 주역인 건강식품에 대한 원산지 표기를 살펴보았다.

[강원도 영월군⋯⋯.]

대부분이 강원도 시골에 위치한 곳이었는데, 척 보기에도 그렇게 이름이 잘 알려진 곳은 아니었다.

강수는 이 업체들의 이름을 인터넷 검색창에 입력해 보았다.

[폐업으로 인한 접근 금지.]

"벌써 튀었군. 아니면 망한 건가?"

업주가 타지로 튀었거나 건강원이 벌금을 때려 맞고 문을 닫았을 가능성도 있었다.

일이야 어찌 되었든 지금 이 상황에선 소비자들에게 돌아갈 피해보상금은 전액 집플러스에서 지급해야 한다는 것이다.

강수는 오늘 미팅을 갖기로 한 강성희 팀장을 기다리는 동안 집플러스가 또 한 번 어떻게 가라앉는지 잘 살펴볼 수 있었다.

'결국 호랑이 등에 올라타려다 피를 보게 생겼군.'

처음부터 자신에게 이런 기회가 너무나 쉽게 오는 것이 아닌가 싶었다.

결국 그의 찜찜하던 감이 옳았던 것이다.

"…이강수 사장님!"

강수는 에스컬레이터 위에 간신히 몸을 걸치고 선 강성희 팀장을 발견했다.

그는 조용히 그녀가 있는 곳으로 향했다.

"그렇게 조심스럽게 움직여야 할 만큼 사태가 심각합니까?"

"뭐, 그런 셈이죠."

어찌나 항의 고객이 많은지 이제는 명찰을 달고 밖으로 나갈 수도 없는 지경인 모양이었다.

그녀는 강수를 관계자 외 출입 금지 푯말이 걸린 밀실로 안내했다.

겉보기엔 창고나 보일러실처럼 생긴 이곳엔 작은 탁자 몇 개와 소파가 놓여 있다.

그리고 그 중간에는 냉장고와 조리도구들이 구비되어 있었다.

"몸을 숨기기 위해 만들어놓은 겁니까?"

강성희는 쓸쓸하게 웃었다.

"그렇다고 봐야죠. 5년 전 우리 회사가 물먹었을 때에도 이런 밀실이 없이는 움직일 수가 없었거든요. 그때 건물 곳곳에 이런 밀실을 몇 개 만들어두었지요."

한번 화가 나면 물불 가리지 않는 소비자들이 모이고 모여 집플러스는 거의 폭파 직전까지 몰렸다.

그런 상황에 관계자들이 직접 나서게 되면 일만 더 커진다.

"당분간은 이곳에서 지내는 수밖에 없겠군요."

"네, 그렇죠."

그녀는 대낮부터 강수에게 맥주를 권했다.

"한 캔 하실래요?"

"마다하지 않겠습니다."

강수가 받은 맥주는 살짝 미지근한 느낌이 들었다.

아마도 그녀가 기회를 엿보다가 매장에서 가지고 온 것 같았다.

딸깍!

"꿀꺽꿀꺽! 후우, 좀 낫네요."

단숨에 맥주 한 캔을 다 해치워 버린 그녀는 본론으로 들어 갔다.

"죄송하게 되었네요. 저희가 업체를 무분별하게 받아들이 다 보니 일이 이렇게 된 것 같아요."

"생산 실태에 대한 조사도 없이 업체들을 받아들였나 보군 요."

"아시다시피 한철 장사는 무조건 타이밍이 중요해요. 가뜩 이나 손님이 한정적인 강원도에서 경쟁 업체에 손님을 빼앗 기게 되면 우리는 먹고살 거리가 없어져요."

"그래서 서둘러 업체를 선정하고 기획 상품을 마구 쏟아냈 던 것이군요."

"…할 말이 없습니다."

한마디로 이들은 실적을 올리기 위해 물량 공세를 하다 피 해액 누적이라는 융단폭격으로 되돌려 받은 셈이다.

자업자득이라고 하기엔 너무나도 가혹한 현실이었다.

"정부에선 뭐라고 합니까?"

"식품역학조사를 나올 것이라고 통보했어요. 해당 식품을 만든 현장 감사도 한다고 했고요."

"으음, 그렇군요. 그럼 조사만 잘 받으면 이번 일은 어느 정도 일단락되겠군요."

그녀는 고개를 가로저었다.

"아시나 모르겠는데 지금 몇몇 업체의 사장은 이미 종적을 감춘 상태예요. 지금 이 상태로 역학조사가 이뤄진다면 우리는 그야말로 초토화될 거예요. 만약 여기에 저 사람들이 정식으로 손해배상까지 청구한다면……."

판매처는 판매 상품에 대한 구제를 대행할 의무가 있기 때문에 일단 모든 클레임을 수용해야 한다.

하지만 보상은 해당 업체에서 해주는 것이 원칙이나 판매처에 문제가 있다고 판단되면 영업 정지를 당할 수도 있었다.

특히나 지금처럼 엄청난 물량을 한 번에 팔아치운 경우엔 그 수위가 더 심각했다.

"참, 이런 여름에 식품안전법 위반이라니, 아주 골치 아프게 되었군요."

"…뭐라 드릴 말씀이 없네요. 죄송합니다."

이번 일로 강수가 받을 타격은 생각보다 심각하다고 할 수 있었다.

"우리가 보상을 해드릴 처지는 못 되고 다만 사장님께 최대한 피해가 가지 않도록 노력하겠습니다. 이게 제가 해드릴 수 있는 최선이네요."

애초에 보상을 바라고 이곳에 온 것은 아니지만 힘이 쭉 빠지는 강수였다.

"당분간 인터넷 쇼핑몰은 접어야겠군요."

"죄송합니다."

"아니요. 그게 어디 당신 탓이겠습니까? 양심 없는 놈들 잘 못이지."

쇼핑몰은 다시 열면 되지만 남매네 건강원의 이름은 이제 다시 사용할 수 없을 것이다.

그에 대한 보상을 받을 길이 없는 강수로선 상당히 답답한 상황이었다.

"아무튼 남매네 건강원에서 판매한 식품은 관계가 없다고 해명하고 있으니 역학조사만 잘 받으시면 될 겁니다."

"알겠습니다. 힘내세요."

강수는 그녀에게 호박즙을 건넸다.

"한 포 드시고 속 좀 푸세요."

"후후, 감사합니다."

강수는 한숨을 내쉬곤 남매네 건강원으로 향했다.

* * *

건강원은 이미 모든 전화를 꺼놓은 상태였고, 받은 주문은 전부 취소 처리를 해놓았다.

이제 사실상 강수의 건강원 사업은 문을 닫을 위기에 놓인 것이다.

김소연과 이종수는 벌써 실업자가 될 걱정까지 하고 있었다.

회사를 찾은 강수에게 김소연은 가장 심각한 문제에 대해 토로했다.

"지금 식품역학조사가 문제가 아니에요. 인터넷 홈페이지에 반품 신청이 빗발치고 있어요. 조금 있으면 사무실로 사람들이 들이닥칠 거라고요."

"사태가 점점 더 심각해지는군요."

"이제 어쩌면 좋습니까? 역학조사를 받아도 사람들이 이렇게까지 몰려들면 우리로선 도저히 답이 없습니다."

지금까지 강수가 팔아치운 물건이 전부 반품 처리되면 그 빚은 생각보다 엄청나다.

모든 역량을 벌목 장비에 집중한 지금 강수에게 남은 현금은 거의 없었다.

그나마 건강원에서 벌어들이는 수익 덕분에 천천히 추가적인 기반을 닦아나가고 있었다.

하지만 그런 기반이 한 번에 무너지게 생겼으니 강수로선 답이 없었다.

"안 되겠습니다. 두 분은 당분간 가게에 나오지 마세요."

"그럼 사장님은요?"

"역학조사를 받고 난 후 생기는 피해자 구제 신청 등은 제가 알아서 하겠습니다."

아마 강수가 만든 제품은 역학조사를 한다고 해도 별다른 문제가 발견되지 않을 것이다.

또한 건강식품을 제조하는 현장 또한 아주 깔끔한 상태로 유지되고 있으니 내사를 받아도 문제될 것은 없었다.

하지만 피해자들이 소비자보호원에 일괄적으로 신고한다면 강수로서도 뾰족한 수가 없었다.

소비자보호원에서도 수천 건에 달하는 신고를 받으면 강수에게 합의를 권고하게 될 것이다.

그렇게 되면 강수는 끝까지 버티든지 배상금을 내놓든지 둘 중 하나는 선택해야 한다.

"이것도 다 제 복입니다. 두 분께선 이제 당분간 가게에 나오지 마세요. 사태가 진정될 때까지 집에서 쉬는 동안 휴가수당을 지급하겠습니다."

두 사람은 고개를 가로저었다.

"아니요. 괜찮습니다. 휴가수당은 받지 않겠습니다. 저희도 양심이 있지요. 그건 싫습니다."

"후후, 고맙습니다."

"별말씀을요."

강수는 두 사람을 집으로 돌려보내고 역학조사를 받을 준비를 했다.

집플러스가 판매한 물건에 대한 식품역학조사가 시작되었고, 그와 동시에 현장답사가 이어졌다.

강수가 운영하는 남매네 건강원은 갓 생산된 물품을 모두 조사팀에 전달했다.

그리고 식품이 생산되는 현장을 공개했다.

차트를 든 조사원들은 이곳저곳을 돌아다니며 아주 깐깐하게 체크했다.

"으음, 전반적으로 생산 시설은 깔끔한 편이네요."

"예, 그렇습니다."

"아무튼 잘 보았습니다."

"그럼……."

"그렇다면 이제 이곳에서 일하시는 분들과 인터뷰를 진행해야 합니다. 괜찮지요?"

순간, 강수는 당황해서 되물었다.

"뭐, 뭘 진행해요?"

"직원들과의 면담을 실시할 겁니다. 불가능한가요?"

"그건……."

직원들이라고 해봐야 말 못하는 오크들이 전부인데 무슨

인터뷰를 하겠는가?

당혹스러움을 감추지 못하는 강수를 대신에 저 멀리서 한 난쟁이가 걸어와 답했다.

"가게가 이런데 누가 남아서 일하겠습니까?"

"당신은……?"

"공장장이요."

"아아, 그렇군요."

"왜요? 난쟁이는 일하면 안 됩니까?"

"아, 아니요. 그런 것이 아니라……."

"거참, 사람 참 기분 나쁘게 쳐다보네."

"시, 실례했습니다."

랄프는 얼굴을 마스크로 가리고 조사단의 질문에 대응했다.

시기적절하게 나타난 랄프로 인해 강수는 한숨 돌릴 수 있게 되었다.

"아무튼 계속해서 문제가 일어나고 있으니 아무쪼록 몸조심하십시오. 그럼 저희는 이만 갑니다."

"살펴 가십시오."

강수는 그들을 보낸 후 랄프를 바라보며 실소를 흘렸다.

"공장장이라니, 언제부터 드워프가 거짓말도 했나?"

"먹고살자면 어쩔 수 있나? 네가 잡혀 들어가면 난 고향에 어떻게 돌아가라고."

"후후, 그건 그렇지."

이제 제법 파트너로서 손발이 잘 맞아들어 가는 두 사람이었다.

＊　　　＊　　　＊

식품역학조사는 좋은 방향으로 풀렸지만 남매네 건강원이 받은 네임드의 타격은 회복될 기미를 보이지 않았다.

더군다나 소비자보호원에서는 무려 4천 건에 달하는 신고를 받았다고 했다.

소비자보호원 이영도 대리는 일주일 동안 누적된 신고에 대한 안건을 가지고 강수를 찾아왔다.

"보면 아시겠지만 지금 식품역학조사가 끝났다고 끝이 아닙니다. 아무래도 조치를 취해주셔야 사장님께 더 유리하지 않겠나 싶습니다."

"법적인 근거는요?"

"큰 문제는 없습니다. 다만 저희는 남매네 건강원이 문을 닫는 것보다는 일부 보상을 해주는 편이 낫지 않나 싶습니다."

강수는 고개를 가로저었다.

"그런다고 사태가 진정되겠습니까? 차라리 문을 닫고 말지요."

"하지만 그렇게 되면……."

"이름을 버려야지요. 별수 있습니까?"

"다시 한 번 생각해 보시는 것이 어떻습니까?"

"제 생각에는 변함이 없어요."

소비자보호원은 소비자 권익을 위한 기관이지만 동시에 법적인 근거가 미약하다면 분쟁을 백지화시키기도 했다.

지금과 같은 경우엔 분쟁을 백지화시킬 수 있는 충분한 근거가 있지만 문제는 여론이 너무나 거세다는 것이었다.

아무리 정부기관이라고 해도 여론의 반발이 거세면 해당 업체에 보상을 권고할 수밖에 없었다.

하지만 강수가 죽어도 싫다고 버티고 있으니 소비자보호원도 아주 죽을 맛인 것이다.

"그럼 일부만이라도 배상하는 것을 고려해 보시지요."

"말이 안 되는 소리입니다. 제가 잘못한 것도 없는데 무슨 배상을 합니까?"

"앞으로의 일을 생각하시라는 말씀이지요."

"괜찮습니다. 그런 자세한 사정까지 신경 쓰지 않으셔도 됩니다."

지금 강수가 이곳에서 협상을 받아들이면 잘못을 인정하

는 꼴이 되기 때문에 죽어도 그것을 받아들여선 안 되었다.

그러나 소비자보호원의 입장은 그게 아닐 테니 아주 일이 복잡하게 꼬인 셈이다.

"저희의 제안을 받아들이신다면 추후 사장님께서 사업을 다시 시작하시는 데 도움을 드리겠습니다."

"그렇게 못하겠다면요?"

"문을 닫으셔야지요."

이제는 소비자들로도 모자라 소비자보호원까지 압박을 해대니 강수로서도 딱 죽을 맛이었다.

하지만 그래도 안 되는 것은 안 되는 것이었다.

"얘기 끝났으니 이만 나가주시지요."

"진심이십니까?"

"물론입니다."

"그래도 혹시 모르니 명함을 놓고 가겠습니다. 그럼……."

강수는 그가 밖으로 나간 후 명함을 갈가리 찢어버렸다.

좌락!

"거참, 말 한번 더럽게 안 통하는 인간이군."

이제 강수는 다른 방법을 찾아보는 수밖에 없었다.

＊　　　＊　　　＊

늦은 오후, 집에 도착한 강수는 손에 골무를 낀 채 바느질을 하고 있는 동생을 바라보며 고개를 갸웃거렸다.

"너 지금 뭐 하는 거냐?"

"뭐 하긴, 일하지."

"일?"

"집에서 놀기가 뭐해서."

그제야 그는 핸드폰을 이용해 통장 잔고를 확인해 보았다.

—39,000원.

'아뿔싸, 생활비가 떨어졌구나.'

산에서 벌어들인 것은 전부 집을 짓는 데 다시 사용되었기 때문에 남는 것이 없었다.

그러던 와중에 건강원 사업까지 다 틀어져 버렸으니 당연히 생활비가 모자랐던 것이다.

"그렇게 삯바느질하면 얼마나 들어와?"

"하루 종일 붙잡고 있으면 한 만 원?"

"으음."

"왜, 더 나은 부업거리라도 있어?"

"아니, 그런 것은 아니고."

동생이 안 하던 일을 시작했다는 것은 가계에 위기가 닥쳤다는 소리다.

또다시 찢어지게 가난한 보릿고개를 경험하게 할 수는 없었다.

'목구멍이 포도청이군.'

이제 그가 제대로 움직이지 않으면 집안이 망하게 생겼다.

강수는 다시 집을 나섰다.

"또 어딜 가는 거야?"

"집에 좀 있어. 잠깐 나갔다 올 테니까. 무슨 일 있으면 현우에게 전화하고."

"알겠어."

강수는 현우에게 전화를 걸어 동생의 안위를 부탁한 후 길을 나섰다.

*   *   *

늦은 밤, 강수는 랄프와 함께 맥주를 마시고 있었다.

강수는 랄프에게 소환술로 만들 수 있는 최선의 선택에 대해 설명했다.

랄프는 강수의 생각을 전해 듣자마자 고개를 가로저었다.

"미쳤군. 건강원이 망했는데 또 식품을 개발해서 판다고?"

"이독제독이라고 하지 않나. 독이 퍼졌을 땐 독을 더 지독하게 만들어 몰아내는 것이 제격이지."

"허참."

"어때?"

그는 연신 고개를 좌우로 흔들었다.

"말도 안 되는 일이야. 헬하운드의 새끼로 개소주를 만든
다니 이게 무슨……."

"불가능할 것은 또 뭔가?"

헬하운드는 동화 속에 나오는 생물로 알려져 있지만 드래
곤의 정원에서는 그리 어렵지 않게 만날 수 있는 흔한 생물이
었다.

다만 이들과 잘못 마주치면 목숨을 부지할 수 없다는 것이
문제이긴 했다.

강수는 전생에 몇 번이고 이 헬하운드에게 목숨을 잃을 뻔
했다.

입에서는 불을 뿜고 덩치는 일반적인 늑대와 비슷한 헬하
운드는 무리를 지어 생활하기 때문에 잘못하면 오크들의 부
락이 전멸하는 경우도 종종 있었다.

그런 헬하운드의 새끼로 개소주를 만든다니, 랄프는 혀를
내둘렀다.

"만약 이번에도 심장이 폭주하면 어쩔 것인가?"

"그땐……."

"잘못해서 심장에 금이라도 가면 나와 오크들은 평생 지구에서 살아야 한다. 잘 생각해라."

강수가 없는 이 땅에 이계의 생물들이 살아간다는 것은 생각보다 힘든 일이다.

또한 그들이 갈 곳을 잃는다면 과연 무슨 일이 일어날지 알 수 없었다.

"이번에는 네가 곁에 있지 않나? 그리고 심장이 어째서 폭주를 일으키는지 알아낼 수 있는 기회이기도 하지."

"끝까지 초강수를 두는군."

"그래야 네가 어서 빨리 고향으로 돌아갈 수 있지. 어때, 내가 제안한 방법이?"

랄프는 잠시 머뭇거리더니 이내 실소를 흘렸다.

"그래, 기껏해야 죽기밖에 더하겠나?"

"후후, 그럴 줄 알았다."

"하여간 엘프들의 어처구니없는 사고방식은 언제나 골치 아프게 한다니까."

"이게 다 위대한 탄생을 위한 과정이다. 그렇게 이해해."

"…끝까지 말은 잘하는군."

두 사람은 다시 한 번 맥주잔을 넘겼다.

*   *   *

휘이이잉.

강수는 시원한 바람이 불어오는 언덕 위에 조용히 눈을 감고 앉았다.

그리고 그의 뒤로는 랄프가 한 무리의 오크와 함께 대기하고 있었다.

"크룩크룩."

"쉿, 닥쳐라. 조용하지 않으면 목을 벨 것이다."

"……."

가만히 앉아서 명상을 하고 있던 강수가 이내 눈을 번쩍 떴다.

"후우!"

눈을 뜬 그의 앞에 푸른색 기운이 운집하더니 이내 반짝거리는 형상을 만들어냈다.

그리고 잠시 후 마나의 아공간이 그 모습을 드러냈다.

고오오오오!

그 크기는 펑거스를 소환했을 때와는 차원이 다를 정도로 커져 있었다.

이제 강수는 2클레스 마스터에 오른 것이다.

"성취가 빠르군. 역시 최강의 생명체다워."

랄프는 엘프족을 싫어하지만 레비로스가 최강의 생명체였

다는 것은 부정하지 않았다.

지금도 그가 인간의 몸으로 고작 2클래스 마스터로 살아가고 있다는 것이 믿기지 않을 정도이다.

아마도 그가 지금 강수를 따르는 것은 드래곤 하트가 그의 심장에 자리 잡았다는 막연한 기대감 때문이다.

만약 강수가 중간계의 지배자가 된다면 새로운 세상을 만들어낼 수도 있다는 기대가 그를 움직이게 만든 것이다.

파란색 불꽃과 함께 이글거리던 마나의 아공간에서 입에 불을 머금은 강아지 떼가 모습을 드러냈다.

크르르릉, 컹컹!

"이때다!"

몽둥이를 든 랄프와 오크들이 불을 내뿜는 강아지들에게 달려들었다.

퍽퍽퍽!

깨갱!

"잡아라! 한 마리도 놓쳐선 안 된다!"

헬하운드는 가축은 물론이고 사람까지 잡아먹는 몬스터이기에 놓치면 엄청난 불상사가 일어나게 된다.

랄프는 그물을 이용해 헬하운드를 한쪽으로 몰아놓고 몽둥이를 이용해 무차별적으로 두들겨 팼다.

퍽퍽퍽퍽!

깨갱, 깨갱!

"머리를 때려! 죽여도 좋다!"

"크룩크룩!"

약 열 마리의 헬하운드 새끼는 몽둥이찜질을 당하다 못해 입에서 불을 뿜었다.

그르르륵, 화르르르륵!

"크룩!"

손에 작은 화상을 입은 오크가 화들짝 놀라며 물러서자, 랄프는 주머니에서 두꺼운 망치를 꺼내 들었다.

척!

"어쩔 수 없군!"

랄프는 망치로 불을 뿜은 헬하운드의 머리통을 후려갈겼다.

빠악!

끼잉!

그 즉시 헬하운드 새끼가 기절해 버렸고, 랄프는 그 녀석을 조심스럽게 자루에 담았다.

한 마리가 기절하고 나니 나머지 새끼들이 겁을 먹고 더 격렬하게 불을 내뿜었다.

화륵화륵!

"이런 제기랄!"

"크룩크룩!"

가까스로 헬하운드 새끼들을 때려잡고 있던 랄프가 강수를 바라보았다.

"레비로스! 어서!"

바로 그때였다.

치지지지지직!

"쿨럭쿨럭!"

"포, 폭주?!"

또다시 강수의 심장이 폭주를 일으킨 것일까?

그의 심장 부근에서 다시 스파크가 일어났고, 그 영향으로 인해 마나의 아공간이 꿈틀거렸다.

꿀렁!

그리고 그 틈을 비집고 한 마리의 야수가 모습을 드러냈다.

쿠어어어어엉!

"미, 미노타우르스!"

"크룩크룩!"

"…어째 기분 나쁜 예감은 한 번도 틀린 적이 없는지 모르겠군."

소머리에 인간의 몸을 가진 미노타우르스는 그 크기에 따라선 오우거와 비견되기도 할 정도로 강력한 몬스터다.

지금 아공간을 뚫고 나온 미노타우르스의 경우엔 그 크기가 중소형쯤 되는 것 같았다.

사람으로 따지면 이제 막 청소년기에 접어든 셈이지만, 그
것만으로도 충분히 위협이 됐다.

쿠어어어어!

"이런 빌어먹을!"

랄프는 일단 그물에 갇혀 있는 헬하운드 새끼들을 이끌고
현장을 벗어나기로 했다.

"어서 도망쳐!"

"크룩크룩!"

깨갱!

오크들은 잔뜩 겁을 먹었지만 랄프의 닦달에 못 이겨 헬하
운드들을 데리고 도망치기 시작했다.

원래의 오크들이었다면 명령이고 뭐고 도망부터 치고 봤
을 테지만 이제는 강수의 혹독한 훈련으로 인해 근성이 생긴
것이다.

또한 명령을 어기면 죽는다는 생각이 깊게 각인되어 있어
마치 군인처럼 명령에 무조건 복종하고 있었다.

양쪽 어깨에 그물의 끈을 묶어서 무게를 분산시킨 오크들
은 전력을 다해 달렸다.

"어서 엔트가 있는 곳으로!"

"크룩크룩!"

랄프는 어깨에 강수를 들쳐 업고 오크들의 뒤를 따랐다.

"제길, 달려!"

쿠어어어어어어어!

미노타우르스가 달리는 곳마다 나무들은 뽑혀 날아갔고, 땅은 푹푹 꺼져서 웅덩이가 생겼다.

크기 3미터에 달하는 미노타우르스에게 걸리면 그 어떤 생명체도 뼈를 못 추릴 듯하다.

랄프는 뒤도 돌아보지 않고 계속해서 질주했다.

* * *

늦은 오후, 강수는 지끈거리는 머리를 부여잡은 채 잠에서 깼다.

"으윽!"

정신을 차린 강수는 자신이 있는 곳을 한번 쭉 둘러보았다.

"숲? 아니면 작업장?"

아무래도 그가 누워 있는 곳은 열매를 채집하던 작업장인 것 같았다.

분명 그는 헬하운드 새끼들을 소환하다 정신을 잃었고, 그 기억의 끝에는 소 울음소리가 들린 것 같기도 했다.

"뭐가 어떻게 된 거야?"

짐시 후, 강수는 자신이 정확히 어디에 누워 있는지 알 수 있게 되었다.

―저, 정신이 드나?

"엔트?"

―소, 소다.

"소?"

―어, 엄청 큰 소다. 미노타우르스다.

"미노타우르스!"

그제야 강수는 자신이 정신을 잃기 전에 본 것이 미노타우르스였다는 것을 깨달았다.

"그래서 지금 놈은 어디에 있나?"

―돼, 돼지들과 난쟁이가 중묘목들의 도움을 받아 싸우고 있다.

강수는 재빨리 자리에서 일어섰다.

"이런 제기랄!"

―자, 잘못 움직이면 죽는다.

"어쩔 수 없잖아? 그들만으론 미노타우르스를 이길 수 없어."

―인간, 죽으면 안 된다.

"별 걱정을 다 하는군."

이윽고 길을 떠나려는 강수에게 엔트가 말했다.

—미노타우르스, 소리 지르는 뿌리 녀석을 좋아한다.

"멘드레이크!"

멘드레이크는 인간형 식물로, 땅에서 뽑아내는 즉시 고막이 찢어질 정도로 시끄러운 고음을 내는 풀포기이자 몬스터다.

엔트들은 그것들을 일컬어 풀포기라고 불렀다.

"후우, 좋아. 죽기 아니면 까무러치기다."

강수는 그 자리에 앉아 명상에 빠져들었다.

제5장
개소주

한적한 정선 강성마을의 한 야산.

랄프는 밧줄과 작살을 이용해 미노타우르스를 상대하고 있었다.

피융!

작살에 밧줄을 연결한 랄프는 미노타우르스의 팔뚝을 겨냥해 작살을 날렸지만 녀석의 도끼에 의해 막히고 말았다.

까앙!

크어어어엉!

퍼억!

"크헉!"

랄프는 가까스로 미노타우르스의 공격을 막아냈지만, 족히 3미터는 뒤로 쭉 밀려나 넘어지고 말았다.

"허억허억! 어지간히 질긴 놈이군!"

크어어어엉!

벌써 반나절째 전투를 벌이고 있지만 미노타우르스는 틈을 주지 않았다.

이미 오크들은 기절해 버린 지 오래고, 엔트 중묘목들은 벌써 장작거리가 되어버렸다.

거기에 설상가상으로 임시로 만들어둔 무기까지 고갈되었으니 더 이상의 투쟁은 무리였다.

"젠장, 이렇게 허무하게 죽는 건가?"

그는 자신의 헬버드를 다시 한 번 고쳐 잡았다.

"빌어먹을 엘프 때문에 죽는 것이 못내 마음에 걸린다만, 나 혼자 죽지는 않을 것이다."

랄프는 이내 미노타우르스를 향해 달려들었다.

"죽어라!"

쿠어어어어엉!

바로 그때였다.

"랄프, 물러서!"

"엘프?"

그 즉시 물러선 랄프는 자신의 머리 위로 사람의 얼굴처럼 생긴 나무뿌리가 날아가는 것을 보았다.

"멘드레이크?"

삐액삐액.

힘이 다 빠져 소리는 지르지 않고 있었지만, 랄프가 본 것은 분명 멘드레이크였다.

멘드레이크는 미노타우르스가 가장 좋아하는 먹이이니 분명 홍분해서 달려들 것이 뻔했다.

크웅크웅! 음뭐어어어어!

강수는 미친 듯이 달려가 멘트레이크를 먹어치우려는 미노타우르스에게 마취총을 겨눴다.

철컥.

"질긴 새끼, 자라."

피융, 피융!

퍼억!

음뭐어어!

호랑이를 단숨에 잠재우는 마취총을 무려 스무 방이나 맞은 미노타우르스는 비틀거리는 걸음으로 강수를 향해 돌아섰다.

크릉크릉.

"그래 봐야 네가 소 새끼지."

강수는 놈의 뒤통수에 다시 한 번 마취총의 방아쇠를 당겼다.

피융!

끄르르룽.

그제야 난리법석을 떨던 미노타우르스가 잠들었다.

랄프는 안도의 한숨을 내쉬며 그 자리에 털썩 주저앉았다.

"허억허억! 아주 딱 죽는 줄 알았네!"

"수고했다."

강수는 기절해 버린 미노타우르스의 목숨을 끊었다.

*　　　*　　　*

강수는 아공간에서 소환한 헬하운드의 새끼들을 잡아서 중탕기에 넣고 스무 시간 정도 푹 끓였다.

그리고 그 위에 뜨는 기름을 제거하고 뼈가 무르기만을 기다리고 있었다.

"뼈가 질기군."

"명색이 지옥에서 올라온 개라고 하지 않나?"

"하긴."

죽어 나자빠지긴 했지만 헬하운드는 최강의 개과 생명체다.

강아지 상태의 헬하운드이기 때문에 그물망 사냥법이 통한 것이지, 만약 성체였다면 어림 반 푼어치도 없었다.

녀석들은 어지간한 대형 고양이과 맹수들은 물론이고 백수의 왕으로 불리는 사자까지 먹이로 삼을 정도로 덩치가 컸다.

게다가 그 근육은 상상을 초월할 정도의 탄성을 가지고 있어서 아주 작은 틈바구니도 비집고 들어갈 수 있었다.

그리고 그 단단하고 탄력적인 근육을 지탱하는 뼈 역시 강철처럼 튼튼하고 질겼다.

때문에 만약 이 헬하운드의 뼈가 물렁물렁해질 때까지 고려면 하루 반나절은 족히 걸릴 것이다.

강수는 헬하운드 새끼를 넣고 끓이고 기름을 걷어내기를 벌써 24시간째 반복하고 있다.

아마도 앞으로 반나절은 더 푹 고아야 개소주로 사용할 수 있을 것이다.

"이게 효능이 좋을지 모르겠군."

랄프는 아마도 헬하운드로 만든 개소주가 사람에게 효능이 있을지 의문이 드는 것 같았다.

강수는 아주 간단명료하게 해답했다.

"우리가 먹어보면 되지."

"뭐, 뭐? 헬하운드를 먹는다고?!"

"몸에 좋아. 개고기는 심신이 허약할 때 먹으면 보신이 되는 고기다. 먹어서 손해 볼 일은 없을 거다."

"만약 그렇지 않다면?"

"같이 굶어 죽는 거지. 지금 개소주를 못 팔아먹으면 우리는 앞으로 손가락 빨면서 살아야 한다."

"끄응."

원래 어떤 음식이라도 그것을 먹어보는 것은 사람이다.

강수는 자신이 직접 개소주를 음용하기 위해 반나절을 더 헬하운드를 삶았다.

* * *

개소주에 대한 오해와 편견은 아주 많지만, 확실한 것은 개 고기는 동의보감에 소개되어 있을 정도로 사람의 몸에 좋다 는 것이다.

생산 시설만 믿을 만하다면 수술 직후의 환자나 산후통을 심하게 겪은 산모에게 좋았다.

일반적으로 개소주와 흑염소탕은 임산부에게 좋다고 알려 져 있지만 이것은 잘못된 상식이다.

태중에 아이를 가진 산모에게 개소주나 흑염소탕과 같은 진액은 신체의 형질에도 영향을 미치기 때문에 복중에 아이 를 가졌을 때엔 보약 종류는 멀리하는 것이 좋았다.

하지만 출산 후, 그것도 조금 시일이 지나 몸을 회복하는 시기의 산모에게 개소주는 보약이었다.

다만 출산 직후에는 회음부가 찢어져 있는 상태이기 때문에 보약을 잘못 복용하는 것은 좋지 않았다.

그런 의미에서 산후조리에 개소주는 어느 정도 신빙성이 있는 약품이었다.

산후조리에 좋다는 것은 몸을 회복하는 데 아주 탁월한 효능이 있다는 소리와도 같았다.

강수는 미노타우르스와의 싸움에서 몸을 다친 오크들에게 개소주를 나누어 주었다.

"…크룩."

"쓴 것이 몸에 좋다고 했다. 남기면 다시 자리보전하고 눕는 수가 있어."

"크룩크룩."

아무리 회복력이 좋은 오크라곤 해도 미노타우르스와의 싸움에서 심각한 상처를 입은 후엔 제대로 운신을 하기 힘들어 보였다.

하지만 그런 상황에서도 오크들은 씁쓸한 개소주가 입에 맞지 않는 모양이었다.

"꿀꺽꿀꺽, 크, 크루욱."

"남기면 죽는다."

"꿀꺽."

음식이 입에 맞지 않는 것은 버틸 수 있지만 이 상태에서 줄빠따를 맞는 것은 도저히 참을 수 없을 것이다.

오크들은 강수가 건넨 개소주를 남김없이 마시곤 이내 다시 병석에 누웠다.

"후욱후욱."

녀석들은 그야말로 다 죽어간다는 말이 딱 어울리는 안색이었다.

강수는 1차 임상실험으로 오크들에게 개소주를 주기로 했는데, 그들의 병색이 나아질지는 의문이었다.

"놈들이 제정신을 차릴 수 있을까?"

"그거야 모르지. 그 무지막지한 황소와 싸웠으니."

"흐음."

"아무튼 기다려 보도록 하지. 만약 효험이 있으면 우리도 좀 복용하고."

"…그러자고."

아마도 랄프는 헬하운드로 만든 개소주가 영 당기지 않는 모양이었다.

*　　　*　　　*

개소주 복용 나흘 차, 놀라운 일이 벌어졌다.

침상에 누워 나흘간 시름시름 앓고 있던 오크들이 닷새가 되자마자 자리를 털고 밖으로 뛰쳐나온 것이다.

"크룩크룩!"

더군다나 오크들은 예전보다 훨씬 더 우람해진 근육을 뽐내며 숙영지 이곳저곳을 뛰어다니고 있었다.

강수와 랄프는 개소주의 효능에 대해 인정하지 않을 수가 없었다.

"대단하군. 저 덩치들이 나흘 만에 벌떡 일어서다니 말이야."

"으음, 그러게."

확실히 몸이 허해진 상태에선 중성질의 고기를 푹 고아서 즙을 낸 것이 제일인 것 같았다.

그는 이곳저곳을 휘젓고 다니는 오크들을 향해 호루라기를 불었다.

삐이익!

"집합!"

"크룩크룩!"

"몸이 다 나았으면 일을 해야지. 오늘부터 작업 시작한다. 준비는 되었겠지?"

"크룩!"

일전에 들은 오크들의 대답 소리보다 훨씬 더 우렁찼다.

강수는 아주 흡족하게 미소를 지었다.

"그래, 그렇지."

이제 이것을 사람에게 실험하는 일만 남았다.

강수와 랄프는 각종 약재가 섞인 개고기 특유의 냄새를 맡으며 눈살을 찌푸렸다.

"…다른 약재를 조금 더 넣으면 안 되는 건가?"

"그럴 돈이 어디에 있나? 그렇다고 지금 당장 감초를 캐러 다닐 수도 없는 노릇이고."

"그건 그렇지만……."

도저히 못 먹겠다는 표정을 짓고 있었지만 강수는 랄프가 지금 몸이 썩 좋지 않다는 것을 잘 알고 있었다.

아마도 그는 오크들의 회복 속도를 눈으로 지켜보았기에 약의 유혹을 뿌리치지 못할 것이다.

"죽는 것보다야 약을 먹고 낫는 것이 좋지 않겠나?"

"뭐, 그건 그렇지."

"좋은 것이 좋은 것. 어서 먹자고."

"후우! 좋다, 먹자고!"

두 사람은 특유의 연한 갈색을 띠는 개소주를 단숨에 삼켰다.

"꿀꺽꿀꺽!"

"크으으윽! 맛도 참……."

"으음, 조금 밍밍한 것 같기도 하고."

랄프는 오만상을 다 찌푸리고 있었지만 강수는 개소주가 먹을 만했다.

"만약 판매를 한다면 향미를 조금 가미시킬 필요는 있겠어."

"…독한 놈. 이게 지금 먹을 만하다는 거냐?'

"돈이 되는 건데 당연히 먹을 만해야지."

강수는 나흘 밤낮으로 챙겨 먹을 개소주를 팩에 담아서 랄프에게 건넸다.

"알지? 이걸 빼먹으면 모든 것이 허사라는 사실을."

"잘 알고 있다. 그러니 그만 닦달해라."

"큭큭, 알겠어."

두 사람은 각자 약을 가지고 집으로 향했다.

나흘 후, 랄프는 씻은 듯이 나은 몸으로 작업장에서 석재를 가공하고 있었다.

드드드드드득!

강수는 산비탈 아래에서부터 통나무를 들고 올라오고 있었는데, 그의 몸이 예전 전성기와 똑같이 변해 있었다.

우람한 팔뚝에는 굵은 핏줄이 선명하게 서 있고 가슴과 배에는 울룩불룩한 근육이 잔뜩 붙어 있었다.

때마침 작업장에서 만난 두 사람은 서로의 상태를 확인해 보았다.

"오, 우람해졌군."

"넌 이제 아주 정상적으로 운신할 수 있는 모양이군. 근력도 더 좋아진 것 같고."

"그렇다. 아주 좋아."

랄프는 개소주의 효과를 인정하지 않을 수 없었다.

다만 이것을 시판하자면 그 효과를 상당히 경감시켜야 할 필요는 있어 보였다.

보약이라는 것은 어디까지나 그 효과가 적당해야 진짜 약이라고 할 수 있었다.

개소주 역시 몸을 보호하기 위한 보신으로 사용되지만 그 약효가 너무 진하면 자칫 사람을 해칠 수도 있었다.

이것을 사람에게 음용시키는 데 어느 정도의 비율이 적당한지 연구할 필요했다

"일단 시일을 두고 연구하기로 하지. 개소주는 계속해서 제조하고 말이야."

"좋아, 지금 당장 오크들을 동원하자고."

두 사람은 헬하운드 새끼들을 더 소환하고 그것으로 개소주를 고아 비율을 바꿔보기로 했다.

*   *   *

나흘 후, 강수는 사람이 적당히 효험을 볼 수 있을 정도의 개소주를 만들어냈다.

그리고 그것을 실험하기 위해 현우를 찾았다.

그는 강수가 건넨 개소주 팩을 바라보며 연신 고개를 갸웃거렸다.

"이게 뭐냐?"

"원기회복제."

"십전대보탕이라도 되냐?"

"그것보다는 좋은 것이지. 한번 복용해 봐. 한 나흘이면 피로가 싹 가실 거다."

현우는 개소주 팩을 받으며 연신 실소를 흘렸다.

"참, 이제는 별의별 것을 다 만드네. 하다하다 이제는 개소주냐?"

"처먹기 싫으면 말든지."

"아니, 누가 먹기 싫다고 했냐? 그냥 말이 그렇다는 거지."

몸보신이라면 지나가던 산신령 수염이라도 뽑아 달여 마실 현우에게 개소주는 아주 소중한 보신거리다.

이 좋은 보신거리를 그냥 놓칠 현우가 아니었다.

"아무튼 고맙다. 먹어보고 효험이 있으면 우리 사촌누나 좀 가져다 줘야겠어. 요즘 산후통 때문에 아주 죽겠대. 뼈마디가 안 시린 곳이 없다더라."

"그래, 아이를 낳은 지 이제 한 달이 조금 넘었다고 했지?"

"응. 산후조리를 잘못해서 아주 몸이 만신창이가 되었더라고."

"쯧, 어서 가져다 줘. 더 필요하면 말하고."

"그래."

여성은 출산하면서 온몸의 뼈가 다 벌어지게 되는데, 심지어 장기의 모양도 조금씩 바뀐다.

온몸의 뼈마디와 장기가 변형된 채 열 달 내내 지내다가 심한 고통 속에 아이를 낳으면서 몸이 극심하게 약해지는 것이다.

이때 처치를 잘못하거나 조리를 못하면 여자의 몸은 제대로 회복되지 못하고 그대로 굳어버린다.

출산 후 몸조리를 잘못하면 그 당시는 물론이고 앞으로 평생 동안 고생하게 된다는 것이 바로 이 때문이다.

그래서 산후조리원이라는 것이 존재하는 것이다.

현우의 사촌누이 역시 산후조리를 제대로 못해서 지금 온몸이 뻐근하고 시리는 등의 고초를 겪고 있는 것이다.

아마 지금이라도 몸보신을 해주면 조금이라도 나은 여생을 보내게 될 것이다.

강수는 그녀에게 줄 개소주를 한 박스 빼내어 현우의 집 앞에 두고 돌아섰다.

*　　*　　*

일주일 후, 강수는 현우에게 아주 좋은 소식을 듣게 되었다.

그는 자신의 만성피로는 물론이고 사촌누이의 산후통이 말끔하게 나았다고 말했다.

"거참, 신통방통한 놈이네. 도대체 어디서 잡은 개로 만들었기에 그렇게 효과가 좋아?"

"비밀."

"짠돌이 같은 새끼."

"아무리 친구라도 말하기 어려운 게 있어. 아무튼 이상한 개 잡은 거 아니니까 걱정할 필요 없다."

"걱정은 무슨, 사촌누나가 효능이 좋다고 조금 더 주문하고 싶대. 이번에는 돈을 주고 정식으로 주문하고 싶다고 하는데."

"으음, 그래?"

"가능하면 삼척에 사는 우리 사촌동생들에게도 팔 수 있냐고 물어봐 달래. 내 사촌동생들도 산후조리를 잘못해서 고생하고 있거든."

예상보다 그 효능이 훨씬 더 좋은 모양인지 앙코르 주문까지 쇄도했다.

강수는 현우에게 직접 주문을 받았다.

"집 앞에 한 박스씩?"

"응. 가격이 얼마냐?"

"보통 한 마리에 30만 원 정도 하니까 팩으로 따지면 120팩에 30만 원쯤 하겠네. 깔끔하게 25만 원에 끊자."

"그래, 알겠다. 그렇게 전할게."

"개소주 구입하면 내가 사은품도 준다고 전해줘."

"사은품?"

"호박즙하고 도가니탕 포장해서 줄게. 너희 사촌들이니까 특별히 해주는 거야."

"큭큭, 그래. 이놈이 건강원을 하더니 아주 약방 아저씨가 다 되었네. 호박즙에 도가니탕까지 만든다는 것을 보니까 말이야."

"그것도 다 건강에 좋아서 하는 거니까. 그리고 나 건강원 아저씨 맞다. 나무꾼을 겸업하긴 하지만."

"그래그래, 너 잘났다."

"아무튼 한 나흘 정도 걸리니까 그렇게 전해."

"알겠다. 좋은 물건 줘서 고마워."

"별말씀을."

좋은 것이 좋은 일, 싸게 좋은 물건을 아는 사람들에게 공급하고 생활비를 마련하니 이보다 좋은 일은 없었다.

*   *   *

나흘 후, 강수는 헬하운드를 푹 고아서 만든 개소주를 동해와 삼척으로 배달했다.

모두들 비슷한 시기에 임신해서 아이를 낳았지만 산후조리를 제대로 못해서 몸이 많이 안 좋은 상태였다.

그녀들은 강수가 전해준 개소주와 호박즙을 받고는 반색했다.

"언니가 효과가 아주 좋다고 극찬을 하더라고."

"그래, 먹고 쾌유해라."

현우의 사촌여동생들은 강수와도 꽤 안면이 있는 사이다.

어린 시절에는 가끔 현우의 집에서 술래잡기 같은 놀이도 했다.

강수는 부쩍 야윈 그녀를 바라보며 안쓰러운 듯 말했다.

"그나저나 어쩌다 몸조리도 못하고 그렇게 된 거야?"

"남편이 배를 타서……. 시어머니는 남해에 계시고 친정엄마도 안 계시니 별수 있나?"

"쯧, 조리원은?"

"갔다가 며칠 있다가 나왔어. 내가 답답한 것은 못 참아서 말이야."

"그래도 좀 참지 그랬어."

"그러게. 이럴 줄 알았으면 좀 참을걸."

혼자서 아이를 낳고 몸조리까지 해야 하는 그녀가 안쓰럽

기만 한 강수다.

그는 차에서 미노타우르스의 뼈로 만든 사골국을 선물했다.

"푹 고아서 만든 사골이야. 뼈 붙는 데 좋아."

"어머나, 이런 것까지……."

"별것 아니니까 부담 갖지 말고 받아."

"고마워, 오빠."

"뭘 이런 것을 가지고."

"아무튼 잘 먹을게. 현우 오빠한테도 안부 전해주고."

"그래, 잘 지내라. 다음에 또 보자."

"자주 연락해. 희수도 보고 싶은데 오빠랑 연락이 안 되니 불편하네."

"알겠다. 희수한테도 연락처 전해줄게."

얼마간 보지 못하고 살았지만 이들은 한 동네에서 같이 뛰어놀던 소꿉친구이다.

아마 다시 만나면 희수가 아주 좋아할 것이다.

강수는 그녀의 전화번호를 자신의 핸드폰에 저장한 후 다음 집으로 향했다.

*　　　*　　　*

오랜만에 소꿉친구들 얼굴도 보고 돈도 번 강수는 아주 가벼운 발걸음으로 집에 도착했다.

집에 도착해 보니 희수는 여전히 삯바느질을 하느라 정신이 없었다.

"아직도 바느질하고 있냐?"

"오빠 왔어?"

"그나저나 너처럼 엉성하게 바느질하는 애도 데려다 쓰는 집이 다 있다니, 이 세상도 아주 끝물은 아닌 모양이다."

"뭐?! 그런데 이 아저씨가……."

강수는 그녀에게 돈 봉투를 건넸다.

"자, 받아."

"엥? 이게 웬 돈이야?"

"사람이 산 입에 거미줄 치겠어? 어떻게든 살게 되는 것이 사람이더라."

"혹시 범죄로 번 돈은 아니지?"

"…쓰기 싫으면 말든지."

"헤헤, 싫긴, 좋지! 우리 오빠야 최고!"

강수는 동생의 애교에 인상을 찌푸렸다.

"최고는 무슨, 이제 몸 잘 추슬러서 시집이나 가라. 이 오빠 좀 그만 괴롭히고."

"쳇, 남자는 아무나 만나나? 동네에 노인뿐인데 어떻게 시집을 가?"

"으음, 그건 그렇군."

그녀는 강수에게 이사할 것을 종용했다.

"오빠, 우리 돈 많이 벌면 도시로 나갈까?"

"도시?"

"나나 오빠나 시집 장가는 가야 할 것 아니야. 안 그래?"

"흠."

희수의 건강만 좋아진다면야 강수 역시도 도시로 나가 사는 것이 나쁘지는 않을 것 같았다.

"한번 생각해 보자."

"정말?"

"네 몸이 나으면 말이다. 그전에는 어림도 없어."

"헤헤, 좋아!"

부정하곤 있지만 강수 역시 숲의 종족이다. 당연히 도시보단 숲이 좋았다.

그래도 이제 20대 초반이 된 동생이 살기엔 이 강성마을은 확실히 좁고 답답했다.

최소한 희수가 시집갈 때까지라도 도시에 사는 것이 좋을 것 같기도 했다.

'이사를 고려해 봐야겠어.'

작업장과 집을 오가면서 사는 한이 있어도 이사는 꼭 필요할 듯했다.

바로 눈앞에 놓인 일을 처리하면 다시 벌목과 집 짓는 데
열중해야겠다고 생각하는 강수다.

＊　　　＊　　　＊

　강수가 지인들에게 판매한 개소주는 우연치 않게도 동해
와 삼척 지역 임신, 육아 커뮤니티 사이트를 통해 입소문이
퍼졌다.

　개소주를 먹고 몸을 회복한 강수의 소꿉친구들이 커뮤니
티에 남매네 건강원의 입소문을 퍼뜨린 것이다.

　남매네 건강원은 집플러스 파문 때 이미 그 이미지가 실추
되어 다시는 이름을 쓸 수 없게 되었다.

　그것은 부적격이라는 오명을 함께 뒤집어쓰고 집플러스에
서 나왔기 때문이다.

　이제 그 오명을 씻을 때가 왔다.

　그는 집플러스에 입점한 상품들에 대한 2차 감사 때 역학
조사를 함께 받기로 했다.

　강수는 이때를 이용해 개소주와 도가니탕, 사골국 등을 함
께 보냈다.

　원래 이들 품목은 조사 대상이 아니었지만 엄연히 현재 오
프라인을 통해 판매되고 있는 상품이다.

개소주는 지인들을 통해 전화 주문을 받아 생산해 돈을 받고 있었고 도가니탕과 사골국은 사은품으로 전달해 주었다.

그러니 충분히 역학조사를 받을 명분이 있었다. 하지만 식약청 직원들은 연신 고개를 갸웃거렸다.

"굳이 역학조사를 받으시겠다고요?"

"네, 그렇습니다. 이것도 다 판매되는 물품이니까요."

"으음, 그렇다면 별수 없지만… 꼭 받으실 필요는 없는데요."

보통은 식품역학조사를 받는 것을 꺼리게 마련이다.

아무리 이미지가 좋은 상품이라고 해도 역학조사를 받았다는 소문이 돌면 그 이미지가 실추되기 때문이다.

하지만 강수의 경우엔 식약청의 2차 조사까지 무사히 통과했다는 깔끔한 이미지를 다시 구축하는 셈이다.

거기에 식약청에서 진행한 조사 결과를 근거로 식약청 정식 허가까지 받을 수 있을 테니 일석이조라고 할 수 있었다.

강수는 조사원들에게 샘플을 잔뜩 보내주었다.

일주일 후, 식약청에서 진행한 검사 결과가 도착했다.

검사 결과는 모두 양호, 적격이었다.

그는 이 결과를 토대로 식약청 허가를 신청했고, 식약청에서는 단 며칠 만에 허가를 내주었다.

결국 집플러스에서 쫓겨나 안티를 만들었지만 그것은 인

터넷에서 인정을 받는 계기가 되었다.

그는 인터넷 SNS에 자신이 받은 적격 판정에 대한 글을 올리고 다시 홈페이지를 오픈했다.

과부하로 인해 닫은 홈페이지를 오픈하고 나자, 밀려 있던 항의 글이 다시 올라오기 시작했다.

강수는 이들에게 모두 개소주 열 팩과 사골 진액 한 팩을 보내주기로 했다.

식약청과 소비자보호원에서 모두 강수의 과실이 없다고 인정한 사건이었지만 그는 오히려 사은품으로 사과를 표시한 것이다.

처음에는 홈페이지를 닫은 강수를 원망하던 소비자들이 다시 강수의 남매네 건강원으로 돌아오기 시작했다.

여기에 동해, 삼척 임신육아 커뮤니티에서 가지고 온 후기들을 올리니 그 믿음이 조금 더 견고해졌다.

강수는 한동안 못 받던 주문을 다시 받아 현금을 확보했고, 그것으로 회사를 운영하고 벌목장을 다시 만들 수 있었다.

이제 그에게 찾아온 위기가 모두 말끔히 처리된 것이다.

나른한 점심, 그는 다시 출근한 직원들을 데리고 식사를 하고 있었다.

"걱정 많이 했습니까?"

강수의 질문에 두 사람은 어색한 미소를 지었다.

"실직자가 되면 어쩌나 걱정은 했지요."

"후후, 미안합니다. 어쩌다 보니 조금 오래 걸렸네요."

"괜찮습니다. 실직을 하지 않았으니 된 것이지요."

그는 직원들에게 월급의 삼분의 일을 담은 봉투를 건넨다.

"별것 아닙니다만. 받으십시오. 보너스입니다."

"이 시점에 보너스는 좀……."

"그래도 이 돈이라도 있어야 집에 면이 서지 않겠습니까? 그동안 백수라고 손가락질도 받았을 것 아닙니까."

두 사람은 씁쓸하게 웃었다.

"하긴 그건 그렇지요."

"사장이라는 사람이 면이 서지 않는 짓을 시켰으니 당연히 책임을 져야지요. 받으십시오."

"그럼 마다하지 않고 받겠습니다."

세 사람은 맥주를 따라 건배한다.

"대낮이긴 하지만 한잔합시다. 맥주 한 잔은 약이라고 하지 않습니까?"

"건배!"

팅!

이제야 한시름 놓게 된 강수다.

제6장
맛 좋은 소고기

　강성마을 마을회관.

　게시판 앞에 몇몇 노인과 얼마 안 되는 청년들이 서 있다.

　게시판에는 이번 여름을 맞아 정선에서 계곡축제를 개최하니 상인으로 참가할 사람은 미리 신청하라는 공고가 붙어 있었다.

　마을회관에 개소주를 배달하고 돌아가는 강수를 마을 이장이 불러 세웠다.

　"어이, 강수."

　"예, 이장님."

"자네 요즘 괜찮은 도가니를 가지고 다닌다면서?"

"아, 도가니요?"

"무릎에 좋다고 아주 호평이 자자하더군."

"으음, 그렇습니까?"

"그래서 말인데, 이번 축제 때 우리 마을에선 자네가 나가면 어떨까 싶네만."

"제가요? 제가 무슨 축제에…….."

"우리 마을에 장사를 할 만한 사람이 자네 말고 또 있겠나?"

"아니, 그래도…….."

이장은 강수의 손을 꼭 잡고 말했다.

"정선에 카지노 단지가 들어선다는 건 알고 있나? 그 단지에 우리 마을의 목재와 임산물을 납품하기로 했어. 그러니 우리 마을에서도 뭔가 행사에 도움을 줘야 하지 않겠어?"

"카지노요?"

"북부지방에 만들어지는 카지노 말일세. 무슨 도박장을 그리 크게 만든다는 것인지는 몰라도 꽤 많은 나무와 임산물이 들어갈 것이라네. 우리 마을에 얼마 남지 않은 나무이지만 그곳에 팔면 돈이 좀 될 걸세. 어떤가? 해줄 수 있어?"

지금 강성마을에는 소나무를 제외한 약 10여 종의 나무가 자생하고 있었다.

소나무에 비하면 그 숫자가 터무니없이 적은 편이지만 그나마 당분간 밥벌이는 될 것이다.

거기에 식당에 들어가는 임작물까지 판매하면 얼마간 끼니 걱정은 안 될 터였다.

"참 어르신도……. 갑자기 이러시면 제가 참 곤란합니다."

"그래도 어쩌겠나? 해줄 거지?"

강수는 어쩔 수 없이 부탁을 들어줄 수밖에 없었다.

"좋습니다. 대신 수익은 제가 다 알아서 가져갑니다. 아시죠?"

"허허, 물론이지!"

다 죽어가는 마을에 생기를 불어넣는 일이라는데 강수는 나서지 않을 수가 없었다.

그는 과연 축제 때 무엇을 팔지 고민해 보았다.

*　　　*　　　*

강수는 현우의 집에 있는 대형 천막과 출장용 취사도구들을 자신의 집 앞마당으로 옮겼다.

그리고 그는 미노타우르스 고기와 내장을 가지고 만들 수 있는 요리들을 개발하기 시작했다.

그는 인터넷을 떠돌아다니는 레시피는 물론이고 동네를 돌아다니면서 손맛이 좋다고 소문이 난 노인들에게서 전수받은 비법들로 요리를 만들어냈다.

　오늘 그가 만들어볼 음식은 육탕면과 소고기버섯덮밥이었다.

　축제는 정선 전역에 걸쳐 열리기 때문에 그 규모나 거리 면에서 일반적인 소규모 축제와는 차원이 다를 것이다.

　때문에 육탕면이나 소고기버섯덮밥 같은 메뉴도 꽤나 잘 팔려 나갈 터였다.

　강수는 미노타우르스 머리와 사골로 만든 육수에 다시마와 양파 등을 넣고 푹 삶았다.

　그리고 남은 머리고기는 잘 썰어서 고명으로 남겨두고 각종 양념을 넣고 육수를 매콤하게 끓였다.

　이렇게 국물을 낸 후 기계로 뽑은 면을 넣고 그 위에 고명을 올려 내면 육탕면이 완성된다.

　별것 아닌 것 같지만, 중국식 육탕면과는 조금 다른 담백하고 깊은 맛이 났다.

　희수와 현우는 강수가 해준 육탕면을 먹어보고는 눈을 동그랗게 떴다.

　"후루룩! 오, 오오!"

　"어머나! 우리 오빠가 원래 이렇게 요리를 잘했나?"

　"이 동네 할머니들의 요리 비법을 참고했지. 어때?"

　"이건… 진짜다! 진짜 맛있어!"

입맛이 까다로운 현우가 이렇게 극찬할 정도면 진짜 그 맛이 좋다는 뜻이다.

　강수는 어쩐지 오늘따라 유난히도 설레발을 치는 현우가 못 미더워 국물을 한 술 떠먹어 보았다.

　"그렇게 맛있나?"

　후룩!

　순간, 그는 자신의 미각을 의심했다.

　"어, 어라?"

　"어때? 진짜 맛있지?"

　강수는 자신이 직접 요리를 해놓고도 도저히 정신을 차릴 수 없을 정도로 엄청난 맛을 경험했다.

　"우와, 이게 도대체……."

　"도대체 어디에서 난 사골이야? 원래 사골은 무겁고 진한 맛을 가지고 있어서 이렇게 다른 재료들과 어울리기 힘든데 말이야. 이건 고소하면서도 아주 담백하고 진하잖아? 사골이 좋다고밖에 설명할 길이 없어."

　그제야 강수는 미노타우르스의 고기가 엄청난 맛을 낸다는 것을 깨달았다.

　'오호라, 의외로 한 건 하겠는데?'

　그는 노파들이 알려준 요리들을 차례대로 만들어보기 시작했다.

　　　　　＊　　　＊　　　＊

　강수가 만든 요리는 소고기야채전골, 소고기육전, 소고기
동그랑땡, 소고기산적, 소고기내장탕, 소머리국밥, 도가니탕
등이었다.

　한마디로 소로 만들 수 있는 메뉴는 죄다 끌어다 모았다고
할 수 있다.

　그는 자신이 만든 요리를 가지고 다니면서 마을 노인들에
게 시식을 부탁했다.

　"쩝쩝, 오호?"

　"어떠십니까?"

　"자네, 생각보다 요리에 소질이 있는데?"

　"그렇습니까?"

　"재료 선별이 아주 좋았어. 고기가 내는 육수가 아주 일품
이군."

　"감사합니다."

　꽤나 까다롭다고 소문이 자자한 노인들까지 강수의 요리
를 먹어보곤 엄지를 치켜세웠다.

　강수는 자신에게 요리를 알려준 노인들에게 육전 등을 한
바구니 선물했다.

"별건 아니지만 좀 드십시오."

"자네 팔 것도 없을 텐데?"

"괜찮습니다. 저는 팔 물량이 꽤 많습니다."

"그래?"

미노타우르스 한 마리에서 나오는 소고기는 소 네 마리와 거의 맞먹는 양이다.

그것도 강수가 잡은 녀석이 중소형이라 이 정도지 만약 대형을 잡았으면 마을 주민들이 며칠 동안 소고기만 먹어도 될 정도였을 것이다.

그는 집에 있는 고기를 죄다 튀기거나 삶아서 고명으로 만들 생각이다.

노인들에겐 그중 일부를 선물한 것뿐이다.

강수는 노인들에게 음식을 전달하고는 이내 다시 집으로 향했다.

*　　　*　　　*

노릇노릇한 소고기 냄새가 물씬 풍기는 숲 속.

오늘은 오크들이 작업 대신 소고기를 튀기고 있다.

촤르르락!

"너무 바싹 익히면 맛이 없다. 그러니 종이 울리면 바로 고기를 건져내라."

"크룩크룩."

오크가 전을 먹음직스럽게 부칠 수는 없겠지만 강수가 만든 타이머를 이용하면 일률적으로 조절할 수는 있었다.

강수는 한 장에 약 30~40초간 시간 차를 두고 뒤집고 건지기를 반복한다.

삐비비빅!

"건져."

"크룩."

그의 신호에 따라 오크들은 일렬로 앉아서 튀김옷을 입힌 고기를 뒤집고 건져내 키친타월 위에 올려놓았다.

그렇게 튀김과 산적을 올려놓으면 강수와 랄프는 그것을 차곡차곡 박스에 담아서 포장했다.

기름이 스며들어 있으니 당장 며칠은 상하지 않고 버틸 테니 그 이후에는 냉동고에 잘 얼려서 보관하면 될 것이다.

강수는 하루 종일 튀긴 전의 양을 손으로 세어 보았다.

"열 박스라……. 양이 꽤 많군."

"세상에, 미노타우르스로 음식을 만들 생각을 하다니. 너도 참 징한 놈이구나."

"후후, 그걸 이제야 알았나?"

"역시 엘프들은 독해도 너무 독해. 다시는 상종하지 말아야 한다니까."

"그래도 맛은 있어. 한번 먹어볼래?"

랄프는 진저리를 치며 강수의 손을 멀찌감치 치웠다.

"으윽! 미친놈! 저리 꺼지지 못해?!"

"생각보다 비위가 약한 놈이군."

강수는 미노타우르스로 만든 육전 맛을 보았다.

"쩝쩝. 오호, 이게 진짜 예술이지."

"정상은 아니라니까."

드워프가 고개를 가로저을 정도라니, 강수의 집념은 참으로 대단했다.

*　　　*　　　*

축제가 열리는 당일, 강수는 현우와 희수를 데리고 정선 읍내로 향했다.

읍내의 중앙 지역은 이미 차량을 모두 통제해 놓았고, 그 외곽 역시 일부 지역만 차량이 다닐 수 있었다.

이제부터 총 보름간 차량이 없는 정선 읍내가 될 것이고, 계곡으로는 엄청난 인파가 몰릴 것이다.

강수는 읍내의 중앙 지역에 천막을 치고 음식을 만들기 시작했다.

좌르륵, 착착착!

중국식 철 냄비에 미리 준비해 둔 재료를 넣고 볶은 강수는 첫 손님들에게 육탕면을 맛보였다.

"육탕면 두 그릇 나왔습니다!"

강수가 건넨 요리는 서울에서 온 한 커플에게 전달되었다.

두 사람은 육탕면을 한입 먹더니 이내 눈을 동그랗게 떴다.

"후루룩! 으, 으음?"

"어머나! 오빠, 진짜 맛있는데?"

"그러게 말이야."

연인은 식사를 하다 말고 다짜고짜 카메라를 들이밀었다.

띠릭, 찰칵!

"오오, 좋아! 어서 먹자!"

"그래!"

아마도 그들은 맛있는 음식을 만났다는 기쁨과 함께 요리를 사진에 담았다는 만족감에 미소를 짓는 것 같았다.

강수는 가끔 희수가 저러는 것을 볼 때마다 도무지 이해할 수 없다는 듯이 쳐다보았지만, 이제는 저들의 행동이 반가울 따름이다.

사진을 찍어 SNS에 올리면 분명 인터넷에는 강수네 집이 이슈가 될 것이다.

그렇게 되면 사람들은 정선 계곡 축제 동안 강수가 운영하는 '남매네 소고기 포차'를 꼭 찾아올 것이 분명했다.

강수는 커플에게 소고기 육전을 서비스로 건넸다.

"드세요. 서비스입니다."

"어머, 고마워요."

"이야, 친구들에게 자랑해야겠네요. 남매네라……. 꼭 기억하겠습니다."

"감사합니다."

이런 사람들이 열에 한 명만 SNS에 사진을 올려도 강수에겐 남는 장사이다.

그는 자신을 찾아오는 사람들에게 육전을 마구 퍼줄 기세로 전을 데워 차곡차곡 쌓아놓았다.

*   *   *

남매네 소고기 포차에 대한 소문은 전국 방방곡곡으로 퍼져 정선 연관검색어 3순위로 올라섰다.

그가 만든 정체불명의 소고기 요리들이 그만큼 큰 히트를 친 것이다.

이른 아침, 이제 막 천막을 편 강수네 포장마차는 눈코 뜰 새 없이 바쁘게 돌아갔다.

"여기 소내장탕 두 그릇이요!"

"네, 갑니다!"

"사장님, 육탕면 세 그릇!"

"네!"

강수는 밀려드는 주문을 모두 소화하느라 허리도 제대로 펴지 못한 채 요리를 퍼 나르고 있었다.

그리고 희수와 현우 역시 앉아 있을 틈도 없이 음식을 전달하고 돈을 받았다.

요즘 들어 부쩍 몸이 좋아진 희수는 신이 나서 돈을 받고 다녔다.

"총 14,000원입니다! 안녕히 가세요!"

깍듯하게 손님에게 고개까지 숙인 그녀는 재빨리 빈 테이블을 치우고 다른 손님을 받았다.

"이쪽으로 오세요!"

강수는 그런 그녀를 바라보며 걱정스럽게 읊조렸다.

"저러다 또 쓰러지면 어쩌지?"

"자기가 좋다고 하는 일인데 어쩌겠어?"

"뭐, 그건 그렇지만 말이야."

걱정에 가득 찬 강수와는 다르게 현우는 오히려 그녀가 활기에 가득 차 있어서 흐뭇해하고 있었다.

"그 좁아터진 마을에서 혼자 지내느라 얼마나 고독했겠어? 저 정도 자유는 괜찮잖아."

"뭐, 그건 그렇지."

잠시 넋을 놓고 있던 두 사람에게 이내 희수의 불호령이 떨어졌다.

"어서 움직여! 두 사람 다 뭐 해?!"

"거참, 성질은. 알겠다."

"움직여! 소같이 일하란 말이야!"

활발해도 너무 활발해서 문제라는 듯 강수와 현우는 쓴웃음을 지었다.

*　　*　　*

저녁 6시. 준비한 물량을 모두 소비한 강수는 총 판매 금액을 집계해 보았다.

타라라라라락.

아주 익숙하고 화려한 솜씨로 지폐를 계수한 강수는 마지막 손가락을 넘기며 말했다.

"…195, 196. 정확히 196만 원이네."

"어머나, 진짜?!"

"다시 한 번 계수를 해봐야 알겠지만 그 정도 된 것 같아."

소고기로 만든 육탕면 한 그릇의 가격은 7천 원, 볶음밥과 소내장탕의 가격도 같다.

그 밖에 전골과 육전 세트가 2만 원, 최고급 메뉴인 육회가 2만 5천 원이었다.

소고기로선 비교적 저렴한 가격에 팔아서인지 그 판매 금액이 실로 엄청났다.

강수는 그 돈에서 사분의 일씩을 떼어 희수와 현우에게 건넸다.

"자, 인건비."

"오오, 묵직한데?"

"오호호호! 돈 벌었다!"

현우의 집은 유복함을 넘어서 부유하다고 할 수 있었지만 그는 중학교를 졸업하고 나서부터는 용돈이라는 것을 받아본 적이 없었다.

스스로 일해서 돈을 벌어 쓴 그는 상당히 알뜰하고 꼼꼼한 편이었다.

그는 자신이 번 돈을 아주 소중히 갈무리했다.

"오늘 아주 제대로 한탕 했군. 고맙다, 강수야."

"고맙긴, 내가 더 고맙지."

강수는 두 사람을 데리고 술집으로 향했다.

"오늘은 한잔하자. 희수는 술을 못 마시니까 맛있는 거나 먹고."

"좋지!"

"가자. 오늘은 내가 살게."

"그래, 오늘은 아주 질펀하게 얻어먹어 보자."

세 사람은 정선 읍내에 있는 해신탕 집으로 향했다.

                    *   *   *

남매네 소고기 포차 개장 열흘째.

강수는 이제 슬슬 재고가 다 떨어져 가는 것을 알 수 있었다.

미노타우르스가 아무리 크고 고기가 많다고 해도 언제까지 그 고기를 계속 쓸 수 있을 정도로 많진 않았다.

그런 점을 유의해서 소고기를 적당히 섞어 요리하곤 했지만, 그것에도 한계가 있었다.

강수는 냉장고 안에 있는 양으로 오늘 받을 수 있는 손님 수를 가늠해 보았다.

"한 20명 정도 받을 수 있겠네."

"에이, 고작?"

"지금까지 팔아먹은 것을 생각해 봐. 우리가 벌어들인 돈만 해도 꽤 많을 것 같은데?"

"하긴 그건 그래."

각 지역의 축제가 한번 열리면 행사를 따라다니면서 행상을 하는 사람들은 한탕 크게 벌어들인다.

이것은 어떤 축제를 따라다니느냐에 따라서 달랐지만, 보통은 하루 행사에 50~100만 원가량을 벌었다.

만약 그 축제의 규모가 조금 더 커지면 더 벌 수도 있지만 그 이상을 벌기란 참으로 힘들었다.

그럼에도 불구하고 강수는 평균 200만 원이 넘는 돈을 벌어들였다.

그것도 아침 10시부터 오후까지만 장사해서 벌어들인 돈이 이 정도이니 만약 야간까지 장사를 했다면 서너 배는 더 벌었을 것이다.

원래 축제라는 것이 술이 절반이기 때문에 저녁 장사가 조금 더 잘되는 경향이 있다.

강수는 그것을 포기하고도 남들의 하루 매출을 거뜬히 넘긴 것이다.

이제 그는 자신이 미노타우르스로 벌 수 있는 최대한을 벌어들인 셈이었다.

그럼에도 불구하고 그는 쉬지 않고 움직였다.

"자자, 장사 준비하자."

"좋지!"

세 사람은 남은 20인분을 판매하기 위해 천막을 쳤다.

그런데 오늘은 조금 다른 분위기의 사람들이 줄을 지어 강수를 찾아왔다.

"이강수 씨 되시죠?"

"네, 그런데요?"

"저희는 외식 전문 기업인 친친에서 나왔습니다. 혹시 시간 괜찮으신지요?"

강수는 고개를 갸웃거렸다.

"무슨 일이시지요?"

"다름이 아니고, 저희가 사장님의 음식을 프랜차이즈로 내보내고 싶어서 왔습니다."

순간 세 사람은 동시에 눈을 끔뻑거렸다.

"뭐가 어째요? 뭘 한다고요?"

"프랜차이즈를 오픈하자고 제안드린 겁니다."

"프, 프랜차이즈를……"

"어, 어머나!"

화들짝 놀라 강수를 쳐다보는 두 사람. 하지만 강수는 난감한 표정을 지었다.

"그건 좀 힘들 것 같은데요."

"무슨 사정이라도 있으신지요?"

"그냥… 본업이 아니라서요."

현우와 회수는 단박에 프랜차이즈를 거절하는 강수를 보며 불같이 나무랐다.

"오, 오빠! 미쳤어?! 프랜차이즈라잖아!"

"맞아! 이건 기회야!"

그는 고개를 가로저었다.

"더 이상 같은 재료를 구할 수 없어. 됐지?"

"그, 그렇지만⋯⋯."

"그리고 운이 좋아서 이런 맛을 개발한 것이지 솔직히 난 레시피도 없어."

"으음."

강수는 프랜차이즈 업체에게 육전을 나누어주며 말했다.

"오늘로써 그만 접을까 합니다. 그러니 이것 가지고 돌아가 주시지요."

"정 그러시다면 어쩔 수 없지요. 하지만 나중에라도 생각이 바뀌시면 꼭 연락 주십시오."

"그렇게 하겠습니다."

"그럼 저희는 이만⋯⋯."

상당히 아쉬운 일이지만 지금 강수의 마력으론 미노타우르스를 또다시 소환하기는 사실상 불가능했다.

그러니 포기하는 것은 당연한 일이었다.

'쩝, 아깝군.'

그래도 미련이 남는 것은 그가 벌어들인 돈이 워낙 짭짤했기 때문이다.

　　　*　　　*　　　*

　마지막으로 장사를 마치고 집으로 돌아가는 길.

　강수는 못내 아쉬워하는 표정의 두 사람에게 말했다.

　"너무 아쉬워할 것 없어. 기회를 잡지 못한 것은 어쩔 수 없는 일이니까."

　"쩝, 그래. 어쩔 수 없지."

　"휴우. 그래도 아쉬워. 무려 친친에서 나왔다잖아."

　"저 사람들이라고 별수 있냐? 내가 원료를 다시는 구할 수가 없는데."

　"뭐, 그건 그렇지."

　가만히 운전대를 잡고 있던 현우가 강수에게 물었다.

　"그나저나 그 소고기는 다 어디서 구한 거야? 나도 한번 구해서 먹어보자."

　"다시는 못 구해."

　"어째서?"

　"그런 사정이 있어."

　"쳇, 짠돌이 자식."

　"네가 아무리 그렇게 말해도 알려줄 수 없다. 나중에 때가 되면 밝히마."

　"자식, 알았다."

아무리 궁금해도 친구가 비밀이라고 하는데 더 이상 물을 수는 없었다.

그렇게 세 사람이 차를 몰아 정선 읍내를 빠져나가고 있을 때였다.

멀리서 한 중년인이 한 무리의 사람을 이끌고 유세 활동을 하고 있었다.

반갑게 상인들과 악수를 나누는 그를 바라보며 사람들이 환호성을 내질렀다.

"와아아아아!"

"허영수! 허영수!"

현우는 그런 주민들을 바라보며 연신 고개를 가로저었다.

"뭘 모르고 저 사람을 지지하고 있네. 저 사람이 누구인 줄 알고."

"허영수? 허영수면 강원의 아들이니 뭐니 하고 한창 유세하고 다니던 사람 아니냐?"

"강원의 아들은 무슨, 그냥 깡패 자식이지."

"깡패?"

"몰랐어? 허영수가 이 지역 유지급 건달인 것?"

"그래?"

강수는 평생 벌목장에서 지내온 사람이기 때문에 허영수가 누구인지, 또 그가 어떤 사람인지 잘 알지 못했다.

하지만 어른들을 따라다니면서 이런저런 얘기를 많이 들어온 현우는 그에 대한 소문을 들어 익히 알고 있었다.

"이번 정선 북부 폐광 사건도 저 사람이 다 조작한 것이라는 말이 있어."

"폐광? 금광마을 말하는 거야?"

"그래, 거기. 거기에 카지노 단지가 들어선다고 하더라고. 그전에 금광마을에 신형 금광 프로젝트를 유치했다가 털어먹고 내뺀 거지."

"그건 그저 북동시멘트가 벌인 사기극 같은 것 아니었나?"

"으음, 아니야. 저 새끼가 처음부터 시멘트 회사와 짜고 고스톱을 쳤다고 하던데?"

"그래?"

풍문은 정확한 사실이 아니지만 강수는 정선 북부의 금광마을에서 무슨 일이 벌어졌는지 알고 있었다.

'그래, 그래서 그 땅을 매매하려고 아주 혈안이 되어 있었군.'

이제 보니 그는 남의 땅 놀이에 희생될 뻔한 불쌍한 시민이었던 것이다.

지나간 일이긴 하지만, 놈들을 조금 더 두들겨 패주지 못한 것이 한이 될 지경이다.

계속해서 차를 몰아가던 강수는 이내 자신들의 길을 막는 검은 차량 행렬과 마주했다.

"뭐야? 저 사람들, 뭔데 길을 막는 거지?"

"허영수가 지나간다고 건달들이 바리게이트를 치는 것 같은데?"

"건달?"

"저 새끼 똘마니들. 아마 꽤 오래 같이 일해 왔을걸."

강수는 건달들 중에서 아주 낯익은 얼굴을 발견했다.

'강산? 강산이 왜 저기에······.'

그제야 강수는 이 모든 것이 어떻게 된 일인지 깨달을 수 있었다.

'강산 저 새끼가 허영수의 똘마니였던 모양이군. 어쩐지.'

만약 강산이 정선 카지노에 들어갈 목재와 임작물까지 관리하게 된다면 인연이 상당히 깊다고 할 수 있었다.

하지만 그 일은 시일이 조금 더 지나봐야 알 수 있을 터이다.

강수는 창문을 열어 자신을 막는 건달들에게 소리친다.

빠앙!

"어이, 거기 안 비켜?!"

"오, 오빠······!"

빠아앙!

거칠게 경적을 울리는 강수에게 건달들이 하나둘 고개를

돌렸다.

"저 새끼가 돌았나?"

이윽고 그들이 강수를 향해 걸어왔고, 그는 차에서 내려 건 달들에게로 다가갔다.

건달들은 강수를 당장에라도 죽일 수 있다는 듯이 쳐다보 았다.

"뭐야? 인근 야산에서 변사체로 발견되고 싶어?"

"미친놈. 하여간 말은 잘하는군."

"뭐, 뭐야?!"

순간, 강수에게 손찌검을 하려던 그는 자신을 만류하는 손 길에 화들짝 놀랐다.

"비켜라."

"크, 큰형님!"

"네가 어찌할 수 있는 놈이 아니야."

"하, 하지만……."

"조용히 죽기 싫으면 비켜."

"예, 알겠습니다."

강수는 악수를 건네는 강산을 바라보았다.

"오랜만이군."

"우연이 겹치면 인연이라고 하던데, 너와 내가 그런가?"

"설마."

악수를 한 강수는 그에게 넌지시 물었다.

"그나저나 네가 허영수의 똘마니인 줄은 몰랐네. 정치 깡패였나?"

"많이 알면 다친다고 저번에 분명히 말했을 텐데?"

"그게 나에게도 통할 것이라고 생각하나?"

"하긴. 하지만 그래도 너무 깊이 알려고 들지는 마라. 그땐 내가 움직이는 것이 아니라 그분이 움직이신다."

이윽고 그는 부하들에게 소리친다.

"길을 열어라! 손님이시다!"

"예, 형님!"

강수는 강산에게 조용히 물었다.

"이번 정선 카지노 공사에도 참여하나?"

"그렇다."

"그럼 또 보겠군."

이내 다시 차에 오른 강수는 좁고 시끄러운 길을 지나 집으로 향했다.

*　　　*　　　*

집으로 돌아온 강수는 동생 희수와 현우에게 충분히 사례를 하고 곧장 작업장으로 향했다.

작업장에는 때 아닌 파티가 벌어지고 있었다.

"크룩크룩!"

"먹어라. 오늘이 기회다."

"우걱우걱! 크룩!"

강수는 오크들에게 돼지와 소를 한 마리씩 잡아서 공급했는데, 덕분에 작업장에는 때 아닌 파티가 벌어지고 있었다.

랄프는 오크들과 함께 고기를 떼어 먹다 강수를 발견했다.

"왔나?"

"아직 술은 안 마셨지?"

"당연하지."

그는 랄프에게 술을 꺼내 건넸다.

"오늘은 좀 독한 것으로 한잔하자고."

"좋지."

두 사람은 꽤 비싼 위스키를 한 잔씩 주고받았다.

제7장
온천이 터지다

여름이 완연한 8월, 강수는 그 어느 때보다 바쁜 나날을 보내고 있었다.

　대한민국 사계절 중 몸보신을 가장 많이 하는 때는 다름 아닌 여름이며, 태풍으로 인한 피해로 산지 정리가 몰리는 계절 또한 여름이다.

　강수는 두 가지 일을 동시에 하니 당연히 바쁠 수밖에 없었다.

　그는 이제 정식으로 벌목사업소를 오픈하고 창고 관리 겸 경리 직원을 두었다.

　하지만 일하는 사람의 숫자는 언제나 동일했다.

뚝딱뚝딱!

오크들과 랄프를 데리고 남원의 산중턱에 자리를 잡은 강수는 초대형 태풍으로 인하여 쑥대밭이 되어버린 산지를 정리했다.

작업장 한가운데 나무를 정리하고 간이숙영지를 만들어 약 일주일간 작업을 진행할 예정이다.

이곳은 이제 막 산장가든을 오픈한 곳인데, 태풍으로 인하여 산이 아주 풍비박산이 나버렸다.

강수는 유실된 산장 도로를 복원하고 난잡해진 산등성이를 깔끔하게 정리했다.

위이이잉!

"나무가 넘어간다! 어서 피해!"

"크룩크룩!"

랄프와 강수가 나무를 베어내면 오크들이 그 잔재를 치우고 목재를 운반했다.

이제는 제법 손발이 척척 잘 맞아서 굳이 강수가 줄빠따를 칠 일도 없었다.

오늘 할당량은 고개 하나를 정리하는 일인데, 이곳은 산등성이와 산등성이를 잇는 안부이기 때문에 꽤나 중요한 장소였다.

이곳만 잘 치워놓으면 나머지 작업은 그렇게 어렵지 않을 것이다.

강수는 두 동강이 난 나무를 베어내고 그것을 산판 차량에 실었다.

"하나, 둘, 셋!"

"크룩!"

쿠웅!

"후우, 쉽지 않군."

오늘 작업이 유난히 힘든 이유는 이 능선 자체가 상당히 협소하기 때문이었다.

더군다나 꼭대기에서 나무를 베어내는데, 주변이 죄다 가파른 경사면이라서 몸을 지탱하기도 벅찼다.

이런 악조건에서 작업을 하니 사람이나 오크나 전부 다 죽을 맛이었다.

강수는 산판 차량 하나를 다 채우고 나서 이내 휴식을 취하기로 했다.

"30분간 휴식!"

"크룩크룩."

"후우, 힘들군."

랄프와 오크들은 그 자리에 엉덩이를 붙이고 다리를 쭉 뻗으며 휴식을 취했다.

이렇게 다리를 펴주지 않으면 무릎이 상해서 내일은 일을 하지 못할지도 모른다.

강수는 그들에게 엔트의 수액이 섞인 이온음료를 건넸다.

"마시면서 일해. 잘못하면 또 쓰러지는 수가 있어."

"크룩크룩."

자신이 가장 좋아하는 수액 음료를 마시며 작업장을 둘러보던 랄프가 푸념을 늘어놓았다.

"이런 말도 안 되는 작업장을 도대체 삼분의 일이나 깎은 임금으로 잡은 이유가 뭐야?"

"저렴한 것도 우리의 경쟁력 중 하나 아니냐. 더군다나 나무로 임금을 채울 수 있으니 된 것 아니야?"

"거참, 너무 싸게 구는 것 아니야?"

강수는 남매네 벌목사업소를 오픈하고 나서 일을 수주하는 데 있어 한 가지 원칙을 두었다.

그것은 바로 일을 받을 때 가격을 낮게 책정하는 것이다.

처음엔 나무를 빼면 남는 것이 별로 없어서 힘들었지만 지금은 일거리가 많아서 꽤나 짭짤했다.

하지만 문제는 별의별 일거리를 다 받다 보니 이렇게 말도 안 되게 힘든 작업이 떨어질 때도 있었다.

그러나 강수는 굶는 것보다는 훨씬 낫다고 여겼다.

"저번에 밥을 굶을 뻔한 것을 벌써 잊었나? 그 때문에 우리 모두 다 죽을 뻔했잖아."

"뭐, 그건 그렇지만……."

"어차피 개소주 몇 팩이면 힘은 회복될 테니 그렇게 열 내지 말라고."

시중에 판매하는 개소주는 진액에 열 배의 물을 타서 중탕시킨 것이다.

하지만 강수와 오크들이 마시는 진액은 약 세 배 정도 희석시킨 것으로, 마시는 순간 마치 힐링포션처럼 체력이 회복되었다.

사제들이 신성마법을 걸어 팔던 물을 힐링포션이라고 불렀는데, 이것은 루야나드 대륙에서 꽤나 비싼 값이 팔렸다.

그보다 효과가 떨어지긴 하지만 헬하운드 개소주 역시 그에 버금갈 정도로 회복력이 뛰어났다.

다만 문제가 있다면 그 맛이 상상을 초월할 정도로 비리다는 것이다.

랄프는 개소주라는 소리만 들어도 진저리를 쳤다.

"…차라리 내가 앓아눕고 말지."

"큭큭, 엄살은."

30분가량 휴식을 취한 강수는 자리에서 일어섰다.

"자자, 어서 작업에 들어가자. 시간이 별로 없어."

"그래, 어차피 할 것이라면 어서 끝내자고."

"크룩크룩!"

강수와 오크들은 계속해서 산을 정리해 나갔다.

＊　　　＊　　　＊

남원의 작업장.

강수는 어제 소환한 헬하운드 새끼들 중 적당한 놈을 골라 목줄을 채웠다.

크르르르릉!

입에 불을 머금은 헬하운드가 자신들을 향해 다가오는 오크들을 바라보며 이를 갈았다.

하지만 강수는 이내 헬하운드의 엉덩이를 걷어차서 정신을 똑바로 차리게 했다.

퍼억!

깨, 깨갱!

"맞아야 말을 듣지. 내가 불 뿜지 말라고 몇 번을 말했나?"

끄응!

헬하운드는 꽤나 머리가 좋은 편이지만 한번 눈이 돌아가면 불물을 가리지 않을 정도로 성질이 더러웠다.

그렇기 때문에 숲에서 헬하운드를 만나면 십중팔구 죽었다고 각오해야 한다는 말도 있을 정도이다.

그러나 헬하운드도 눈치는 있었다. 녀석은 동족이 식용으로 팔려가고 있다는 것쯤은 익히 알고 있었다.

그런 상황에서 자신만 혼자 살아남았으니 몸을 사리는 것
도 당연했다.

언제 잡혀먹을지 모르는 긴장감. 아마 헬하운드는 똥줄이
바짝바짝 타고 있을 것이다.

말을 듣지 않을 때마다 강수가 엉덩이를 걷어차서 녀석은
지금 사계절 중에서 가장 위험한 여름을 보내고 있음을 상기
했다.

"이 똥줄을 언제까지 붙잡고 있을 것 같냐? 죽기 싫으면 말
로 할 때 들어."

크릉!

녀석은 어쩔 수 없이 강수가 시키는 대로 움직일 수밖에 없
었다.

그는 헬하운드에게 자연산 더덕을 주며 말했다.

"이것을 찾아."

킁킁!

최강의 개과 동물이니만큼 헬하운드의 후각은 타의 추종
을 불허할 정도로 민감했다.

아마 놈에게 송로버섯과 같은 귀한 버섯의 냄새를 맡게 한
다면 충분히 그것을 찾아낼 수 있을 터였다.

하지만 그것은 생각보다 훨씬 어려운 일이고, 상당히 오랜

시간 투자해야 하는 일이다.

차라리 이렇게 흔한 산더덕을 캐서 술로 담가 파는 것이 훨씬 이득일 것이다.

요즘 강수는 건강원에서 약주를 담가서 팔고 있는데, 이 산더덕주는 그중에서도 가장 인기가 좋았다.

더덕주는 한 번 마시고 난 후에 또다시 그 병에 술을 부어 재탕을 할 수 있었다.

그런 경제적인 면 때문인지는 몰라도 더덕주는 지금 없어서 못 팔 정도로 잘 팔리는 품목 중 하나이다.

그 때문에 강수는 시간이 남을 때마다 이렇게 헬하운드 새끼를 끌고 더덕을 찾아 나섰다.

킁킁.

헬하운드는 목숨을 부지하겠다는 일념으로 땅에 코를 박고 더덕을 찾았다.

한 치의 실수라도 하는 날엔 한 팩의 개소주로 생을 마감할 거라고 주입시켜 놓았으니 사력을 다하지 않을 리 없었다.

잠시 후, 헬하운드는 이내 더덕이 군락을 이루고 있는 장소를 찾아냈다.

"오호, 자식. 제법이군."

크르릉!

더덕은 넝쿨을 따라 한 장의 이파리가 나선형, 혹은 계단형으로 피어나는 것이 특징이었다.

그리고 더덕은 한 번 냄새를 맡아본 사람이라면 1~2미터 이내에서도 그 뿌리를 찾아낼 수 있을 정도로 냄새가 강했다.

강수는 더덕이 묻혀 있는 땅을 살살 긁어내고 뿌리가 다치지 않도록 조심해서 캐냈다.

부북.

"이야, 알맹이가 실하네. 사람이 거의 들어오지 않았다고 하더니 정말인가 보군."

산장은 꽤나 도로가 잘 닦여 있었지만 이 산골짜기엔 사람이 거의 들어오지 않았다.

워낙 수풀이 우거진데다 경사가 상당히 가파르기 때문에 사람이 돌아다니는 것은 거의 불가능했다.

그나마 평생을 산에서 지낸 강수이기에 이렇게 운신이 가능했다.

이 우거진 수풀을 헤치고 다니는 것은 상당히 고된 일이지만 그만큼 보람이 있었다.

출렁출렁!

강수의 팔뚝만 한 더덕을 위아래로 흔들자, 속이 꽉 찬 물소리가 났다.

더덕은 나이를 먹으면 먹을수록 그 안에 영양분을 더 많이 축적하게 되는데, 연생이 오래되면 이렇게 물소리가 났다.

느껴지는 무게로 미뤄볼 때, 1㎏은 족히 될 것 같았다.

"심봤다. 잘했다."

크릉크릉.

더덕에서 물소리가 날 정도로 오래되면 그 약효는 산삼과 비슷하다고 했다.

700g 기준으로 25~30만 원 정도 하니 1㎏이 넘는 더덕은 그 값을 책정하기 힘들었다.

만약 이것을 제대로 술로 담가서 팔면 꽤나 돈이 되겠지만 강수는 이것을 팔 생각이 없었다.

그는 이것을 술에 담가 푹 우려낼 생각이다.

술은 오래될수록 좋은 법. 아마 이것에 10년 이상 지나게 되면 그 값을 따지기 힘들 정도로 귀한 술이 될 것이다.

산삼과 비견될 정도로 귀한 더덕을 구했으니 헬하운드에게 상을 줘야 했다.

그는 주머니에서 유황 덩어리를 꺼내 건넸다.

"상이다."

헥헥! 크르르릉!

헬하운드는 유황을 보자마자 짧은 꼬리를 이리저리 흔들며 강수에게 다가섰다.

그리곤 마치 귀한 금덩이라고 발견했다는 듯 누워서 유황 덩어리를 정성스럽게 핥았다.

할짝할짝.

광이라도 내려는 것인지 이리저리 고개를 돌려가며 유황 덩어리를 핥던 헬하운드는 이내 입을 크게 벌렸다.

크아아아앙!

입에 가득 찬 유황을 우드득 씹어 삼킨 헬하운드는 몇 차례 트림을 내뱉었다.

끄억끄억!'

화르르르륵!

파란색 불꽃이 일렁거리는 헬하운드를 바라보며 강수는 속으로 읊조렸다.

'이제 성체가 거의 다 되었군.'

오늘 좋은 일을 해주었지만 더 이상 키우는 것은 위험했다.

조만간 녀석을 해치워야 할 모양이다.

＊　　　＊　　　＊

남원에서 간벌을 끝낸 강수는 곧바로 강원도 태백으로 향했다.

이번에 그에게 주어진 일은 약 5만 평의 산림을 벌목하는 일이다. 대부분이 다 평지라서 작업에 큰 문제는 없을 것으로 보였다.

강수는 벌목지에 도착하자마자 짐을 풀고 숙영지가 될 중앙 지역에 천막을 쳤다.

뚝딱뚝딱.

이곳에 천막을 치고 나면 곧 취사장을 만들고 간이화장실도 만들어야 한다.

숙영지를 모두 만든 강수는 오크들에게 저녁을 먹이고 다시 헬하운드와 함께 산등성이를 누볐다.

쿵쿵!

"이번에도 왕건이 하나만 건지자고."

크릉!

1kg이 넘는 더덕을 건지는 일이 그리 쉬운 일은 아니지만 이런 아름드리나무들이 가득한 곳에는 제법 굵기가 실한 것들이 다수 분포해 있게 마련이다.

강수는 쇠사슬로 된 개줄을 잡고 산등성이를 헤매다 불현듯 헬하운드에게 이끌려 비탈을 내려가기 시작했다.

"어, 어어?"

크르르르르릉!

"이 새끼가 미쳤나?"

다급해진 강수가 헬하운드의 엉덩이를 발로 걷어찼지만 소용이 없었다.

마치 무언가에 홀린 듯이 달려가는 헬하운드 새끼의 힘이

보통이 넘었던 것이다.

"빌어먹을!"

크어어어엉!

녀석을 따라서 약 20분간 달려간 강수는 인적이 드문 한 야산에 멈추어 섰다.

척 보기에도 사람의 발길이 닿지 않은 지 꽤 오랜 세월이 흐른 듯 보였다.

하지만 도로와 인접해 있어 헬하운드를 데리고 오기엔 부적합했다.

"이런 미친놈, 죽고 싶은 거냐?"

크릉!

강수는 녀석을 다시 산비탈로 데리고 가려 애썼지만, 그 반항이 만만치 않았다.

끼잉끼잉!

"진짜 이게 미쳤나? 죽고 싶은 것이냐?"

킁킁!

헬하운드 새끼는 강수의 손에서 무작정 벗어나려는 것이 아니라 마치 무언가를 따라가는 것 같았다.

도대체 저 앞에 무엇이 있기에 이토록 미친 듯이 달려가는 것일까?

문득 궁금해진 강수는 손에 힘을 빼고 녀석을 따랐다.

"그래, 어디 한 번 갈 때까지 가봐라."

헥헥!

혀를 삐쭉 내밀고 어디론가 급히 걸어간 헬하운드는 한 지점에 도달해서는 이내 땅을 파기 시작한다.

삭삭삭삭!

"이게 이젠 별짓을 다 하네. 땅을 파?"

옛말에 개가 땅을 파면 집안에 우환이 찾아온다고 했다.

하지만 그것은 잘못된 미신인데, 개가 땅을 파는 것은 본능적인 행동이다.

야생에서의 개들은 땅에 먹이를 숨겨두는데, 이것은 오랜 진화를 통해 얻어진 습성이었다.

개과 동물들은 대부분 이렇게 땅을 파곤 하지만 100% 먹이를 숨기기 위한 행동만은 아니었다.

땅을 파고 그곳에 들어가 몸을 식히려는 행동일 수도 있고 스트레스 때문일 수도 있었다.

어찌 되었든 개가 땅을 파는 행동은 지극히 정상적이다.

동네 어귀에서 자주 볼 수 있는 풍경이 헬하운드를 통해 펼쳐지니 강수는 혀를 찰 뿐이다.

"꼴에 개라고 땅까지 파는군."

이제 그는 볼일을 다 보았다는 듯 개줄을 당겼다.

"가자. 더 이상 이곳에서 시간을 지체할 수 없어."

크르릉!

"이 새끼가 근데?!"

강수는 끝내 등에서 줄빠따용 몽둥이를 꺼내 들었다.

끼, 끼잉.

"너도 동료들을 따라서 명을 재촉하고 싶냐?"

끄응.

헬하운드는 하는 수 없이 자리에서 일어섰다.

"진즉 그럴 것이지."

강수는 다시 헬하운드를 데리고 벌목장으로 향했다.

*　　　*　　　*

다음 날, 다른 날보다 일찍 작업을 마친 강수는 또다시 헬하운드를 데리고 산더덕 채취에 나섰다.

쿵쿵.

"이번에도 허튼짓을 하면 아주 된장을 바를 줄 알아라."

크릉.

헬하운드와 함께 더덕을 찾아 나선 강수는 능선을 따라 길을 걸었다.

벌목장 주변에는 햇볕이 잘 들지 않아 가는 길에 몸에 좋은 버섯도 꽤 채취할 수 있었다.

오늘의 주제는 버섯이 아니었지만 이것들도 충분히 돈이 되었다.

강수는 허리에 개줄을 묶어놓고 산등성이 한구석에 쪼그려 앉아 버섯을 채취했다.

사각사각..

영지와 상황버섯을 비롯해 꽤나 비싼 버섯이 많이 포진해 있으니 캐는 데 시간 가는 줄 몰랐다.

그렇게 버섯을 따라 다니던 도중, 강수는 또다시 헬하운드가 미쳐 날뛰는 것을 느꼈다.

헥헥!

"이런 개새끼가 또?"

이제는 인내심에 한계를 느끼고 강수가 몽둥이를 뽑아 들 때였다.

툭.

바닥에 헬하운드에게 줄 상으로 가지고 있던 유황이 굴러 떨어졌다.

"유황?"

헬하운드는 유황을 마치 보석처럼 다루며 마약처럼 먹는 경향이 있다.

그럼에도 불구하고 녀석은 유황을 본체만체하며 자신의 길을 걸어가고 있었다.

"뭐야? 이 새끼가 왜 이러지?"

도대체 헬하운드에게 유황보다 좋은 것이 무엇일까?

문득 궁금증이 생긴 강수는 일단 헬하운드의 뒤통수를 몽둥이로 거세게 후려쳤다.

퍼억!

캑!

"좀 자라. 이따가 다시 얘기하자고."

강수는 헬하운드를 어깨에 들쳐 멘 채 벌목장으로 향했다.

랄프는 강수에게 전후 사정을 듣고선 이렇게 상황을 정리해 주었다.

"헬하운드가 유황 덩어리를 그냥 지나쳤다는 것은 마약쟁이가 마약을 그냥 지나쳤다는 것과 같다. 그러니 이건 분명 엄청난 양의 유황을 발견한 것이 틀림없어."

"엄청난 양의 유황이라면……."

"온천이 아닐까 싶다."

순간 강수는 고개를 갸웃거렸다.

"한국에는 간헐천이 거의 없어. 있어봐야 북한에나 있을까?"

"아니면 본능적으로 뜨거운 것을 찾는 것인지도 모르지. 헬하운드는 불처럼 뜨거운 것이라면 거의 환장하는 습성이 있으니까."

"으음."

확실히 헬하운드는 입에서 불을 뿜는 만큼 뜨거운 것이 지나치게 열광하는 면이 있었다.

반대로 자신의 체온보다 낮은 것에는 거의 흥미가 없으며, 불 주머니를 채워주는 유황을 상당히 좋아했다.

"아마도 지반이 약해진 곳을 파내려는 것이겠지. 놈이 환장해서 미쳐 날뛰는 이유가 그것 말도 또 있겠어?"

"하긴 그건 그렇군."

"놈이 미쳐서 찾아다니던 곳을 기억하고 있나?"

"그렇긴 하지."

"그럼 그곳을 한번 파보자고."

강수는 고개를 가로저었다.

"그건 안 된다. 온천을 파내는 것이 어디 쉬운 일이겠어? 게다가 정부의 허가도 받아야 한단 말이다."

"후후, 멍청한지고. 이젠 아예 지구 사람이 다 되었군. 잊었나? 너는 드래곤의 정원사다. 정원사답게 일을 처리하란 말이다."

순간, 강수는 무릎을 쳤다.

"그래, 그런 방법이 있었군!"

"지금까지 계속해서 소환사로서 일을 처리해 왔으면서 새삼스럽게 그런 것을 잊어먹나?"

"후후, 그래, 그것을 잊고 있었군."

강수는 곧장 산의 가장 높은 곳으로 향했다.

*   *   *

강수의 심장이 폭주를 일으키는 것은 아마도 드래곤 하트
가 아직 제대로 생착되지 않았기 때문으로 보였다.

하지만 이젠 헬하운드 개소주와 미노타우르스의 연골 등
을 주기적으로 복용했으니 어느 정도 자리를 잡았을 것이다.

다만 그것을 온전히 사용할 수 있는 마나를 보유하지 못했
기 때문에 용언 등을 사용하지 못하는 것뿐이다.

"후우."

명상에 잠긴 강수의 곁에는 오크와 랄프가 보초를 서고 있다.

만약 이 상태에서 누군가 강수를 건드리기라도 한다면 아
공간이 뒤틀릴 수도 있기 때문이다.

스르르르르릉!

마나의 아공간이 점점 열리면서 강수의 몸에서 푸른색 빛
이 뿜어져 나왔다.

화라라라락!

"됐다!"

안정적으로 아공간이 열리면서 그 안에서 강수가 원하는

소환수가 멀쩡하게 걸어 나왔다.

이번에 강수가 소환한 것은 드래곤 레어의 이곳저곳에 살면서 아힌리히트의 잔심부름을 하던 골렘이었다.

아힌리히트의 레어에는 무려 2천여 종의 골렘이 존재했는데, 그들은 모두 아힌리히트의 심장으로 만들어졌다.

이 세계의 오대원소는 물론이고 하늘의 번개나 빛으로 골렘을 만드는 경우도 있었다.

그런 골렘들의 크기는 일반적인 남성에서부터 무려 120층 건물 크기의 두 배에 달하는 것도 있었다.

이번에 강수가 소환한 것은 딱 강수와 비슷한 덩치의 샌드골렘이었다.

사르르르.

"성공이군."

온몸에 모래로 된 샌드골렘은 흙과 모래를 주식으로 삼기 때문에 땅을 파는 데엔 아주 적격이었다.

하지만 문제는 녀석이 아힌리히트가 아닌 강수의 명령에 따를 것인지 하는 것이다.

"앉아."

사르르르.

"일어서."

척!

"좋아, 교감이 통하는군."

골렘은 자신을 만들어낸 술자의 말에 절대적으로 복종하는 피조물이었다.

아힌리히트의 용언으로 만들어진 골렘들은 이제 강수의 말에 절대적으로 복종하게 될 것이다.

랄프는 강수에게 또 한 마리의 골렘이 필요함을 알려주었다.

"내일 스톤골렘을 소환해서 곧바로 굴착에 들어가자고."

"후우, 힘들군."

사르르르.

힘에 겨운 표정으로 자리에서 일어서는 강수를 샌드골렘이 뒤따랐다.

그리곤 그를 부축하며 어지럼증을 반감시켜 주었다.

"오호라, 눈치가 꽤 빠르군."

"아마도 네 심장에 들어 있는 용언 덕분에 알아채는 것이겠지. 네가 없으면 저놈은 그냥 모래 덩어리에 불과해."

"뭐, 그건 그렇지."

강수는 샌드골렘에 기대어 숙소로 향했다.

다음 날, 강수는 온몸이 암석으로 된 스톤골렘을 소환했다.

스톤골렘은 샌드골렘의 상위 개념의 골렘으로 암반이나 바위 등을 먹어치우며 덩치를 키우는 것이 특징이었다.

강수는 자신의 허리까지 오는 스톤골렘을 소환해 냈다.

그그그그.

뭉툭한 사내의 몸통에 거대한 머리가 달린 스톤골렘은 움직일 때마다 석회 가루를 흘렸다.

아직은 그 덩치가 작고 힘이 약해서 관절에서 자꾸 부스러기가 흘러내리는 모양이었다.

"그래, 이제 내가 너희를 크게 키워줄게."

사르르르르.

그그그그그!

강수는 두 골렘을 데리고 헬하운드가 집착하던 장소로 향했다.

헥헥, 크르르르릉!

녀석은 그 장소에 도착하자마자 땅에 등을 비비는 등의 행동을 해댔다.

아마도 무척이나 반가운 마음에 거의 이성을 잃어버린 모양이었다.

"자, 이곳을 파서 온천을 찾아내자."

사르르르르.

그그그그그!

두 마리의 골렘은 강수가 지시한 대로 땅을 갉아먹으며 덩치를 키워 나갔다.

*　　　*　　　*

일주일 후, 강수는 두 마리의 골렘이 파놓은 땅으로 가보았다.

벌목이 끝나고 돌아가는 길에 들러 확인해 보고 만약 온천이 아니라면 곧장 집으로 돌아갈 생각이다.

강수는 이제 모두 땅을 다 파 내려간 골렘들을 불러냈다.

―그그그그그그!

―사그라락…….

그는 골렘들의 머리와 뱃속에 들어 있는 내용물을 꺼내 보았다.

꿀렁!

사람으로 치면 위로 해당되는 곳에는 녀석들이 지금까지 먹어치운 물체가 어지럽게 엉켜 있었다.

하지만 이곳에 마력을 불어넣으면 이내 소화가 되면서 불순물은 빠지고 몸을 키우는 물질만 남게 된다.

쿠그그그그극!

마침내 덩치가 두 배 정도 커진 골렘들을 뒤로하고 강수는 녀석들이 남긴 찌꺼기를 확인해 보았다.

촤륵.

"으음, 확실히 진흙이군."

샌드골렘에게서 나온 것은 진흙이었다.

그리고 강수는 이내 스톤골렘의 찌꺼기로 손을 뻗었다.

순간, 그는 화들짝 놀라며 손을 뗀다.

"어, 어어어?!"

강수가 손을 댄 곳에는 스톤골렘이 먹고 남은 물이 네모난 돌덩이에 고스란히 남아 있었다.

그리고 그 물은 손을 오래 담그고 있기엔 무리가 있을 정도로 아주 뜨거웠다.

아마도 섭씨 50~60도 정도 되는 것 같았다.

"진짜 온천이군."

헥헥.

감정적으로는 온천으로 보이지만 막상 파보면 경제성이 없는 깡통 온천인 경우도 허다했다.

강수는 자신의 곁에 있는 헬하운드에게 유황 덩어리를 던져주며 읊조렸다.

"좋아, 한번 파보자고."

과연 땅에 금덩이가 묻혀 있을지 아닌지는 파보면 알 수 있을 것이다.

제8장
강해지다

　강수는 인근의 부동산을 돌아다니면서 땅의 시세를 알아보기로 했다.

　공인중개사 임종환은 강수에게 총 1만 평의 임야를 보여주었다.

　"근처에 도로가 있긴 한데 대부분 농지로 사용하게 될 평야라서 가격은 그리 비싸진 않을 겁니다. 많아봐야 평당 4,000원에서 5,000원 사이가 될 것 같군요."

　일단 만 평 정도 부지를 구매해서 땅을 파보고 만약 대량 구매할 가치가 있다면 그때 자금을 동원해도 늦지 않았다.

1만 평에 평당 4천 원이면 나쁘지 않은 금액이다.

"으음."

그는 강수가 서 있는 평지 뒤 야산을 가리켰다.

"저쪽에 보이는 작은 동산 있죠? 저쪽부터 이쪽 땅까지 지주가 모두 다 같아요. 산지는 평당 3천 원에 내놓았더군요. 만약 구매 부지를 조금 산 쪽으로 붙이면 가격이 훨씬 더 내려가지 않을까 싶네요."

"그렇겠군요."

이 정도 가격이라면 폐광촌에서 본 물건들과 별반 다를 바가 없었다.

"저쪽으로 붙여서 구매하면 가격이 얼마나 나올까요? 절반씩 섞어서 말입니다.

"한 3천만 원 되지 않을까 싶습니다."

"좋군요."

이 정도 조건이라면 계약을 진행했다가 온천 형질이 나빠도 상관없을 정도이다.

만약 경제성이 없으면 창고를 건설해 사용하면 그만이기 때문이다.

"좋습니다. 계약을 잡아주십시오."

"사시겠습니까?"

"네, 사겠습니다. 그런데 가격을 조금 더 조정할 수 있으면 좋겠습니다. 가능할까요?"

"으음, 알겠습니다. 알아보지요. 일단 삼 일 내로 계약을 잡아드리겠습니다."

"그렇게 해주십시오."

강수는 저번 벌목에서 벌어들인 돈과 이번 작업에서 벌어들인 돈으로 땅을 구매하기로 했다.

다음 날, 계약서에 서명하기 위해 나타난 사람은 지팡이를 짚은 백발노인이었다.

"쿨럭쿨럭! 따, 땅을 사겠다고?"

"예, 어르신."

"이런 태백에 임야와 산을 사다니, 벌목이라도 하려는 건가?"

"비슷하다고 보시면 됩니다."

"쯧, 그래도 산지에서 나무를 베는 일은 포기해. 어차피 쓸 만한 나무는 거의 없을 거야."

"말씀 감사합니다."

강수는 계약금으로 지불한 1천만 원을 뺀 나머지 금액을 수표로 만들어 전달했다.

"세어보시지요."

"맞겠지, 뭐. 몇 장 되지도 않는데."

"그래도 정확한 것이 좋은 것 아니겠습니까?"

"그래, 그럼 그렇게 하지."

노인은 강수가 신협에서 받아온 수표를 직접 계수해 보았다.

"맞군. 이제 계약은 끝난 것이지?"

"예, 그렇습니다."

"쿨럭쿨럭! 어서 들어가서 좀 쉬어야겠어. 몸이 좋지 않군."

"살펴 가십시오."

이제 강수는 이 땅을 본격적으로 파볼 생각이다.

＊　　＊　　＊

온천을 개발하기 위해서는 몇 가지 절차가 필요했다.

최초로 온천을 발견한 사람은 지자체에 이 사실을 신고하여 굴착 허가를 받아야 하며, 그 이후에는 온천의 용질 평가 등을 받아야 비로소 온천개발권을 얻게 된다.

가장 먼저 진행해야 할 것은 개인 온천을 개발한다는 목적으로 굴착을 시작하는 일이다.

시청에서 굴착 허가를 받은 강수는 골렘들을 이용해 땅을 조금씩 파 내려가기 시작했다.

쿠그그그그그!

지하 50미터까지 땅을 파 내려가자, 드디어 물줄기가 조금씩 흘러나오기 시작했다.

"진짜 물이 흘러나오는군."

아직까지 물줄기가 분수처럼 뿜어져 나온다든지 계곡처럼 흐르는 정도는 아니다.

그래도 지하수처럼 조금씩 암반 사이를 흘러 다니는 온천의 맥을 찾았다는 것이 중요했다.

강수는 조금 더 땅을 파 내려가기로 했다.

"조금 더 파자."

사르르.

골렘들은 강수의 지시대로 조금 더 깊은 곳까지 땅을 파 내려가기 시작했다.

쿠그그그그그그!

그렇게 얼마간 땅을 파 내려가니 이제 슬슬 본격적으로 물줄기가 세차게 뿜어져 나오기 시작했다.

치츠츠츠츠, 푸하아아아악!

하늘 높이 튀어 오르는 물줄기를 바라보며 랄프는 탄성을 내질렀다.

"오호! 꽤 쓸 만한 온천이 되겠는데?"

"그러게 말이다."

감탄사를 연발하던 바로 그때였다.

그구구구구구궁!

쿵!

지하로 땅을 파 내려가던 스톤골렘이 지상으로 모습을 드러냈다.

그런데 녀석의 몸집이 족히 열 배는 더 커져 있다.

"어, 어어?!"

크훅크훅!

놈의 입에서는 입김이 뿜어져 나오고 있었으며, 눈동자로 보이는 곳에선 안광이 번쩍거렸다.

강수는 지금 이 현상에 대해 너무나도 잘 알고 있었다.

"마나 폭주!"

"마나 폭주?"

"이건… 술자가 골렘의 핵에 마나를 너무 많이 불어넣어 애초의 크기보다 훨씬 더 커지는 현상이다. 잘못하면 골렘의 형질이 무너져 내리고 그 안의 알맹이만 남게 되지."

"그렇다는 것은……."

"이 아래에 뭔가 있다는 뜻이다. 이건… 마나가 섞인 물이라고밖에 설명할 길이 없어."

골렘은 마법으로 만든 하수인으로, 술자가 처음 골렘의 핵을 만들 때 그 형질이 결정되게 된다.

지금 이 골렘들의 경우엔 아힌리히트가 레어를 보수하기 위해 만든 녀석들이다.

그렇기 때문에 그 덩치가 일반 남성보다도 작고 그 힘도 약할 수밖에 없었다.

그 안에 마나가 과다하게 투여되면 골렘은 이제 핵만 남고 깨져서 흔적도 없이 사라져 버릴 것이다.

쩌저저저적!

"피해!"

콰앙!

강수의 예상대로 골렘은 그 마나를 견디지 못하고 이내 폭발을 일으켰다.

그 여파로 강수의 주변으로 푸른색 마나의 파장이 넓게 퍼져 나갔다.

그 파장을 받은 강수는 이내 자신의 심장 부근이 강렬하게 반응함을 느꼈다.

두근두근!

"뭔가 있다. 저 아래엔 분명 뭔가가 있어."

"이것이야말로 노다지군."

"그러게 말이다."

강수는 이 온천수를 한국지질자원연구원에 보내어 정밀검사를 받아보기로 했다.

　　　　　*　　　*　　　*

　일주일 후, 강수는 한국지질자원연구원에서 보낸 온천에 대한 수질 분석 결과를 받을 수 있었다.

　[정밀검사 결과: 사용 불능. 1, 방사능 수치 과다로 음용 불가 판정. 2, 기타 부속물의 상태 불량. 3, 방사능 물질 희석으로 인한 피부병 유발 위험도 고레벨.]

　강수는 이 방사능 수치와 방사능 물질이라는 것이 다름 아닌 마나라는 것을 알 수 있었다.

　그는 한국지질자원연구소에서 휴대용 방사능측정기를 받아서 마나를 방출시키는 실험을 진행했다.

　그 결과는 고위험. 지질자원연구소에서 보내준 결과와 완벽하게 일치했다.

　한마디로 이 온천은 일반적인 사람이 사용하기엔 그 근거가 정확하지 않아 상용화시킬 수 없는 깡통 온천이나 마찬가지였다.

　강수는 이 온천에서 흘러나온 온천수를 받아서 욕조에 가득 채웠다.

우우우우우웅.

그는 온천수가 드래곤 하트와 가까워져 옴에 따라 조금씩 반응을 보인다는 것을 알 수 있었다.

"확실하군. 이건 분명 마나석이 녹아든 물이다."

마나석은 지층 아래에 깊이 잠들어 있는 자연력의 산물인데, 이것은 마력의 증폭에 지대한 영향을 미쳤다.

이것이 물에 녹아 지하수 형태로 존재하는 것을 두고 마나 온천이라고 불렀는데, 이 마나 온천은 대단한 치유력을 가지고 있었다.

그래서 제국을 비롯한 기타 열강에선 이 마나 온천을 개발하기 위해 전력을 기울이고 있을 정도다.

강수는 그 대단한 온천을 발견하게 된 것이다.

그는 뜨거운 온천수를 약 40도까지 식혀서 그 안에 몸을 푹 담가 보기로 했다.

"후우."

거침없이 물에 몸을 담그는 강수를 바라보며 랄프가 걱정스레 물었다.

"인간들은 그 물을 죽음을 부르는 물이라고 하지 않던가? 그렇게 막 몸을 담가도 괜찮을까?"

"괜찮아. 어차피 이 물이 실제로 죽음의 물이라고 해도 마나가 그것을 다 희석해 줄 테니 걱정 없다."

"그렇다면 다행이지만."

이윽고 강수는 전신은 물론이고 얼굴까지 전부 담갔다.

꼬르르르르륵.

온천수에 깊숙이 얼굴을 파묻은 강수는 자신의 마나 홀을 향해 빠른 속도로 모여드는 마나를 느꼈다.

쏴아아아아아아!

'온다. 마나가 내 몸으로 들어온다!'

순간, 강수는 몸의 모든 마나 입구를 개방하여 그 넘치는 마력을 수용했다.

두근두근!

혈맥을 타고 들어온 마나는 강수의 전신을 타고 다니며 그동안 막혀 있던 혈맥과 심장의 미세혈관을 타통시켰다.

이제 그의 몸은 이전과 다른 새로운 모습으로 탈바꿈하게 될 것이다.

"푸하아!"

수면 위로 모습을 드러낸 강수는 점점 피부가 벗겨지더니 나중에는 뽀얀 속살만 남게 되었다.

그리고 그의 뼈마디가 다시 새롭게 자리를 잡기 시작했다.

우드드드득!

"크윽!"

"괘, 괜찮나?!"

"가, 가만. 가만히 있어!"

"하, 하지만……."

"탈피를 진행하는 것이다."

"탈피?"

강수는 그에게 잠시만 조용히 하라는 신호를 보냈고, 랄프는 이내 입을 닫았다.

새롭게 자리를 잡은 뼈마디를 따라서 그의 근육도 변형되어 평소보다 훨씬 더 아름답고 강인한 몸을 만들어냈다.

예전 강수의 몸이 다듬어지지 않은 원석이었다면, 이제는 더욱 크고 세련된 다이아몬드로 탈바꿈한 것이다.

가만히 눈을 감고 있던 강수는 이내 크게 심호흡을 한다.

"후우후우!"

그리고 잠시 후 눈을 뜬 그의 홍채가 푸른빛을 발했다.

쏴아아아아아!

"으으윽!"

랄프는 이내 자신의 눈을 뚫고 들어오는 푸른색 빛으로부터 시각을 보호하기 위해 눈을 가렸다.

그리고 그 빛이 사그라지자 다시 강수를 바라보았다.

"허억허억!"

"에, 엘프, 네 눈이……."

"…눈?"

랄프는 이내 강수에게 옆에 있는 거울을 가져다주었다.

"눈동자가… 변했다!"

"뭐?"

강수는 랄프가 가져다준 거울을 통해 변해 버린 자신의 모습을 자세히 관찰했다.

그의 키는 약 5㎝가량 더 커졌고, 전체적인 신체 둘레가 예전에 비해서 1인치씩 늘어났다.

그리고 머리색은 검푸른 색으로 물들어 있고, 눈동자는 깊고 투명한 비취색을 띠었다.

마나의 영향을 받은 강수는 전생의 자신과 흡사한 모습으로 변한 것이다.

잠시 후 강수는 몸을 담그고 있던 물에서 나왔다. 그와 동시에 눈동자와 머리색이 원래대로 돌아왔다.

아마도 마나와 만나거나 마나를 분출시키면 몸이 각성하는 것 같았다.

하지만 변해 버린 골격과 몸집은 그대로였다.

"그래, 마나로 인해 몸이 탈피한 것이다. 소환술과 마나에 가장 적합하도록 진화한 것이지."

"그것이……."

"가능해. 인체는 지금까지 수없이 많은 진화를 거듭하여 완성된 모습이니까."

"신기하군."

강수는 물 밖으로 나와 몸에 있는 마나의 양을 체크해 보았
다.

우우우웅!

그러자 그의 눈동자와 머리색이 다시 푸른색을 띠기 시작
했다. 강수는 그대로 아랫배와 심장에 남은 마나를 확인했다.

'4서클쯤 되는군.'

인체가 탈피한 것은 아마도 마나석의 영향으로 인하여 벌
어진 것 같았다.

마나의 그릇이 커지는 것에는 한계가 있고, 탈피로 하여금
얻은 시너지는 약 4서클 유저의 마력이었다.

이것은 정상적으로 얻는 마력이 아닌 이상, 그것을 수용하
는 데 일정 수준을 넘으면 모두 자연으로 돌아가는 현상이었
다.

이제부터 그는 이 이상의 경지를 밟기 위해선 스스로의 노
력과 정진이 필요하다는 뜻이다.

아무리 평생 이 온천수에 몸을 담그고 있다 해도 마력이 이
이상 고강해지는 것은 불가능하다는 말이다.

일이야 어찌 되었든 그는 이제 신체를 완벽하게 회복하였
고 마력 또한 충원하게 된 셈이다.

그리고 가장 중요한 사실은 강수의 심장이 이제는 완벽하

게 몸에 생착되었다는 것이다.

두근두근!

"아힌리히트 님의 심장을……."

"완전히 흡수했다. 이제 폭주할 일은 없을 거야."

"드디어……!"

"하지만 지금 용언을 사용한다고 해도 쥐꼬리만 한 정도가
아닐까 싶어."

"그래도 내가 고향으로 돌아갈 수 있는 발판이 생긴 것 아
닌가?"

"뭐, 그건 그렇지."

"오오, 한시름 놓았군."

강수는 이제야 자신의 온전한 심장을 갖게 되었다.

*　　　*　　　*

결국 강수의 온천 개발은 전면 백지화되었다.

강수가 온천을 개발했다고 사람들을 불러낸 것 때문에 주
변 땅값은 아주 잠깐 올랐다가 지금은 오히려 더 떨어지고 말
았다.

사람이 음용할 수 없는 물이 흐른다는데 누가 이곳 땅을 사
겠는가.

사실 이곳의 물은 일반적인 지하수에 비해 그 형질이 월등이 좋은 편이었다.

미네랄을 포함한 무기질이 풍부하여 인체를 이롭게 하는데 일조하기 때문이다.

하지만 사람들은 그 팩트에 대해선 관심이 없고 오로지 '방사능' 이라는 단어에만 집중했다.

한국지질자원연구소에선 분명 온천이 흐르는 지하 150미터 이상의 암반을 건드리지 않는다면 상당히 질 좋은 생수를 얻을 수도 있다고 말했다.

그러나 여전히 방사능이라는 단어 때문에 땅값은 두 번 다시 오르지 않을 것이다.

남들이야 집을 옮기든 말든 강수는 이곳에 건강식품 제조장을 건설하기로 했다.

지금까지 임시 숙소로 사용하던 가건물을 모두 철거하고 양천마을에 통나무로 된 오크 숙소를 지었다.

그리고 그 옆에 지하수를 끌어 올릴 수 있는 펌프를 설치하고 건강식품 제조장을 세우기로 했다.

뚝딱뚝딱!

건강식품 제조장을 비롯한 오크 숙소는 강수가 싼 맛에 사들인 1만 평 부지 중 산중 임야에 지어졌다.

숙소의 느낌은 예전과 비슷했지만 2층 침대가 생긴 것이 달랐다.

건물의 뼈대를 짓고 고사까지 지낸 강수는 그 안에 침상 대신 나무로 침대를 만들어주었다.

"자, 이젠 다닥다닥 붙어 자지 않아도 된다. 어때? 좋지?"

"크룩크룩?"

오크들은 침대가 어째서 좋은 것인지 이해를 하지 못하고 있을 것이다.

"하긴, 너희가 침대 맛을 알 리가 없지."

그는 오크 숙소까지 완벽하게 완성해 놓고는 그 주변에 나무의 장벽을 쌓고 온천수를 받아 목욕을 즐길 수 있는 온천탕을 만들기로 했다.

강수는 산지 임야에 있는 땅을 약 1미터가량 파고 그 위에 이동식 펜션을 짓고 남은 석재와 목재를 이용하여 목욕탕을 준공하기로 했다.

퍽퍽퍽퍽!

오크들이 땅을 파고 나면 강수와 랄프가 그 위에 시멘트를 바르고 돌을 얹어 사람이 앉아서 온천욕을 즐길 수 있게 했다.

그리고 그 위에는 통나무로 벽과 지붕을 만들어 한겨울이나 비가 오는 날에도 온천욕을 즐길 수 있도록 만들었다.

이제 하루 일과를 끝내면 모두 이곳에 모여 피로를 풀고 개소주까지 마서 원기를 회복하게 될 것이다.

헥헥, 크르르릉!

강수는 온천을 발견한 헬하운드 새끼를 그냥 죽이지 않고 내버려 두기로 했다. 자신이 심장을 회복하는 데 공헌한 녀석을 죽일 수가 없기 때문이다.

그는 헬하운드의 입에 재갈을 물리고 강철과 마나 온천수를 섞은 시멘트로 목줄과 체인을 만들었다.

아마 누가 일부러 헬하운드를 풀어주지 않는 이상 절대로 풀려날 일은 없을 것이다.

강수는 헬하운드를 묶어놓고 그 옆에 개집을 지어 앞으로 함께 임산물을 캐러 다닐 예정이다.

"운이 좋구나. 잘못하면 이번 여름을 넘기지 못할 뻔했는데 말이야."

크르릉!

강수는 헬하운드에게 '말복' 이라는 이름을 지어주었다.

"말복, 너는 항상 말복이라는 단어를 명심하도록 해라."

말복이란 언제든지 먹힐 준비가 되어 있다는 뜻이다.

아마 녀석도 그 의미를 알아들었을 테니 이제 다시는 반항할 생각 따윈 하지 않을 것이다.

*   *   *

강원도 북부 벌목장으로 향하는 길.

강수는 하청으로 일을 전달해 준 정상만의 차 옆자리에 앉아 있었다.

그는 차를 몰며 최근 강수의 벌목장 이동 소식에 대해 말을 꺼냈다.

"엉뚱한 온천이 터졌다면서?"

"그렇게 되었습니다."

"그래서 그쪽으로 자리를 옮겼나? 목재 창고와 건강식품 제조 공장 말일세."

"뭐, 그런 영향이 아주 없다고 할 수는 없지요."

"하늘도 참 무심하시지. 온천이 터질 것 같다고 해서 덩달아 좋아했지 뭔가?"

사람들은 강수가 그저 생기다 만 온천을 가진 반쪽짜리 행운아라고 생각했다.

강수의 입장이야 어떻든 간에 사람들의 눈에는 확실히 강수가 아주 안타까운 사람으로 보일 것이다.

"뭐, 지금도 그리 나쁘지는 않습니다. 일정 수준 이상만 파지 않으면 오히려 몸에 좋은 물이 나온다니까요."

"으음, 그래? 그렇다면 다행이고."

"어떤 관점에서 본다면 건강원에서 만드는 건강식품이 좋은 물로 만들어진다는 점에서 이득이라고 할 수 있지요."

"흠, 그렇군. 그래, 한탕을 노리는 사람들과 자네는 다르지. 열심히 일하다 보면 대박이 터지겠지."

"그래서 지금 이렇게 벌목장을 구한 것 아닙니까?"

"하하, 그건 그렇지."

이번 벌목장은 특별히 강수에게 제법 비싼 값에 넘어왔다.

산의 규모가 크고 그 안에 들어 있는 목재가 꽤나 값나가는 물건들이기 때문에 전액 현금으로 일을 맡았다.

그 과정에서 강수는 자신이 통상 받아오던 가격에 삼분의 이가량 더 비싸게 받기로 했다.

목재를 제외하고 받는 돈이라고 해도 강수의 입장에선 비싼 값에 계약을 후려치던 세월을 벗어났다는 의미가 있다.

"이제 좀 제대로 일을 해보겠군. 돈 만지는 재미가 쏠쏠하겠어."

"다 소장님 덕분 아니겠습니까?"

"하하, 뭘 그런 소리를 하나? 나중에 술이나 한잔 사게."

"감사합니다."

정상만은 하청으로 일을 넘겨줄 때 일정 금액을 수수료로 챙기는데, 강수에겐 그 수수료를 거의 받지 않았다.

그는 강수가 넘어졌다 다시 일어나는 과정에서 일말의 도움이라도 주고 싶었던 것이다.

"이번 건은 제대로 수수료를 쳐서 드리겠습니다. 매번 신세를 지는 것도 죄송하고 말입니다."

"그래, 그렇게 하라고. 이제 자네도 일거리 수급하기 바빠서 가격을 낮게 잡지 않아도 되니 말이야."

"예."

이런저런 대화를 나누다 보니 어느새 작업장에 도착했다.

정상만은 강원도 인제군에 형성되어 있는 산지에 차를 세우고 푯말 안으로 강수를 안내했다.

"이곳이 바로 자네가 일하게 될 곳이라네."

"크군요."

강수가 맡은 지역은 총 25만 평의 산지로 거의 산 하나를 다 벌목한다고 봐도 무방했다.

스물다섯 마리의 오크로 전부 다 작업하기엔 무리가 있어 보였다.

"최근까지 스무 명의 인부를 데리고 다녔다고 들었네. 어디서 다 충당한 인력인지는 모르겠지만 이제는 그 인력으론 어름도 없을 거야."

"확실히 그렇겠군요."

"어때? 내가 다리를 좀 놓아줄까?"

강수는 고개를 가로저었다.

"아닙니다. 제가 해결할 수 있을 것 같습니다."

"으음, 적어도 쉰 명은 족히 필요할 텐데?"

"괜찮습니다. 그럴 만한 인력을 동원할 수 있으니까요."

"뭐, 그렇다면 다행이고."

"당장 다음 주부터 작업에 들어가겠습니다."

"알겠네. 그럼 산주에게 그렇게 전해두겠네."

강수는 인력을 보충하기 위해 태백으로 향했다.

*　　　*　　　*

온천은 마나를 증폭시키는 효과를 가지기 때문에 일시적
으로나마 마나의 아공간을 더욱 크게 확장시키는 데 도움이
될 것이다.

그리고 그는 이제 조금 더 고차원적인 마법을 사용할 수 있
게 되었다.

우우우웅!

온천에 앉아 마법진을 형성시킨 강수의 비취색 눈동자에
이채가 서렸다.

'소환!'

그의 심장에 네 개의 고리가 서로 맞물리면서 푸른색 마나
의 아공간을 형상화시켰다.

그리고 잠시 후 그 안에서 스물다섯 마리의 오크가 차례대

로 튀어나오기 시작했다.

"크룩크룩!"

"크웩크웩!"

각기 다른 모습의 오크들이 줄을 지어 나오더니 종국에는 사람과 가장 흡사하게 생긴 오크가 모습을 드러낸다.

"쿨럭쿨럭!"

강수는 오크전사들을 아우르는 오크의 우두머리인 하이오크를 소환하는 데 성공했다.

인간의 외모와 가장 흡사하다고 알려진 하이오크는 최상위 계층인 오크족 전사들의 차별된 교배로 생겨난 돌연변이다.

이는 아힌리히트의 악질적인 실험과도 관계가 깊었다.

그는 오크들을 좁은 케이지에 가두고 다수 대 다수, 일대일의 대결을 통해 최상급 오크들을 선별해 냈다.

그리고 그 오크들 중에서도 가장 뛰어난 녀석들을 가려내 무려 100년에 걸쳐 품종을 계량했다.

그 결과 오크들 중에서 가장 머리가 좋고 인간과 가깝게 진화한 돌연변이를 얻어냈다.

이 돌연변이들은 아힌리히트와 함께 대륙을 여행했는데, 그때 유사인종과 관계를 맺어 인간과 비슷한 모습의 아이들을 낳았다.

그 아이들이 성장하여 지속적으로 유전적 형질을 계량시킨 것이 바로 하이오크다.

하이오크들은 아힌리히트에게 심장의 십분의 일을 헌납하고 마나 홀을 얻어냈다.

덕분에 간단한 마법을 부릴 수 있게 되었지만 그들은 아힌리히트의 권속으로서 생명까지 함께 묶이게 되어버렸다.

억압된 삶을 살기는 했지만 그들은 오크족 마법사로 불리며 오크 부족의 생질을 올리는 데 기여했다.

강수는 그중에 한 명을 선별하여 소환하기로 한 것이다.

"크룩, 인간?"

"그래, 인간이다. 하지만 아힌리히트의 심장을 가졌지."

어리둥절한 표정으로 강수를 바라보던 하이오크는 강수가 보여준 아힌리히트의 짧은 용언에 바로 무릎을 꿇었다.

우우우웅!

─내가 드래곤 하트의 주인이다.

"주인님?"

고개를 조아린 그에게 강수가 용언을 거둔 채 말했다.

"아쉽게도 난 아힌리히트는 아니다. 그의 심장을 이어받은 사람일 뿐이지."

"그럼……."

"레비로스다. 나는 전생에 정원사였고 지금은 그의 심장을 이어받았다."

머리 회전이 빠른 종족은 강수와 말을 섞으면 충분히 지금의 상황에 대해 이해한다.

하지만 말이 통하지 않는 종족들은 곧장 반항을 일으켰다.

"크룩크룩!"

"크루우우욱!"

강수를 바라보자마자 광분한 오크들이 강렬한 적의를 드러냈다.

심지어 그들은 강수의 뒤에 서 있는 동족들을 향해서도 이를 드러내며 으르렁거렸다.

하지만 그들은 아무런 미동도 없었다.

"……."

지금까지 수많은 작업과 부역에 동원된 오크들이지만 그 과정에서 지성이 발달했다.

아마 지금 저들과 이들이 맞붙는다면 필시 이계에서 온 오크들이 필패하고 말 것이다.

그것을 아주 잘 아는 하이오크는 자신의 부하들을 만류했다.

"크룩(멈춰라)!"

"크룩?"

"크룩크룩(이분은 아힌리히트 님의 현신이다. 머리를 조아려라)!"

겉으로는 아힌리히트의 심장 앞에 머리를 숙이는 형국이지만 아마도 그 마음속에는 아직도 의구심이 가득할 것이 분명했다.

일이야 어찌 되었든 하이오크가 강수에게 당분간 충성을 다할 것임은 틀림없었다.

강수는 하이오크의 명령에 따라 고개를 숙이는 오크들을 바라보며 물었다.

"네가 이 무리의 수장이냐?"

"크룩, 그렇습니다."

"그렇다면 지금 내 휘하에 있는 오크들까지 네가 지휘해라."

"크룩, 알겠습니다."

아마 한 번쯤은 의구심을 품을 것이고 심각하면 반란을 일으킬 수도 있었다.

하지만 그마저도 과도기로 받아들인다면 크게 문제될 것은 없을 것이다.

강수는 오크들에게 하이오크를 따를 것을 명령했다.

"이제부터는 저 하이오크를 따른다. 하지만 여전히 내 부하인 것은 변함이 없다."

"크룩?"

지휘 체계의 변화를 이해하지 못하는 그들에게 하이오크

가 번역을 해주었다.

"크룩, 크룩, 크룩!"

"크룩."

그제야 강수의 진의를 이해한 오크들은 자연스럽게 하이오크 쪽으로 걸어갔다.

이제 저들은 자신들의 진짜 리더를 만났음에 기뻐하고 있을지도 모른다.

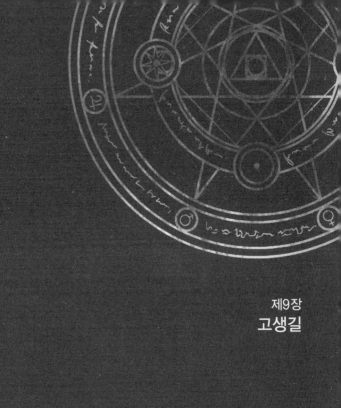

제9장
고생길

　쉰 마리의 오크가 중형버스를 타고 강원도 인제로 향했다.

　이곳에는 하이오크 크룩이 훈련시킨 스물다섯 마리의 오크와 기존 인부 오크들이 뒤섞여 있었다.

　두 무리는 하이오크 크룩에 의해 통합되었지만 그다지 사이가 좋지는 않았다.

　아직 지능이 발달하지 않은 이계 출신 오크들은 여전히 강수에 대한 반감을 가지고 있었고, 지능이 생긴 오크들은 그들을 무시하는 경향이 있었다.

　머리가 좋은 오크들은 강수를 따르고 강수에 대한 반감을 가지고 있는 오크들을 무시하니 사이가 좋을 리가 없었다.

"크룩크룩……."

아주 조용히 차를 타고 이동하고 있었지만 놈들은 언제 싸움이라는 도화선에 불을 붙일지 알 수가 없었다.

한마디로 파벌이 나누어진 것이다.

강수는 그 두 개의 파벌을 조율하고 있는 크룩에게 지금 상태에 대해 물었다.

"이들을 데리고 작업을 진행할 수 있겠나?"

"크룩, 물론입니다. 아직 지구에 적응하지 못해서 저러는 것뿐입니다. 이해해 주시지요."

"으음, 그래? 그렇다면 다행이고."

크룩은 자신의 통솔력에 강력한 자신을 보이고 있었기에 강수는 그런 그를 믿어볼 수밖에 없었다.

일단 그는 오크들을 데리고 작업장에 도착했다.

작업장에는 산판 차량과 집게크레인을 비롯한 장비들이 줄을 지어 늘어서 있었다.

이제 이곳의 중앙 지역을 벌목하고 숙영지를 조성하고 나면 약 두 달간의 벌목이 시작되는 것이다.

"하차."

"크룩크룩!"

크룩의 지시에 의해 일사불란하게 차에서 내린 오크들이

이 열로 줄을 섰다.

강수는 마치 그들의 움직임이 군대와 같다고 생각했다.

'놈이 군대에 대한 개념도 가지고 있던가?'

오크족 전사들은 자신들만의 전투 방식을 가지고 있었지만 군대와 같은 체계는 갖추고 있지 못했다.

만약 그들이 지휘 체계라는 것을 완벽하게 수립하고 있었다면 강수는 오크들을 통합할 수 없었을지도 모른다.

"크룩크룩!"

크룩의 지시에 따라 도열한 오크들은 미동도 없이 강수의 얼굴을 바라보았다.

그는 자신이 짜놓은 계획대로 오크들을 움직였다.

"이곳에 하루치 벌목을 끝내놓고 그 위에 숙영지를 조성한다. 이의 있나?"

"크룩!"

각이 딱 잡힌 오크들을 바라보는 강수의 눈빛에 이채가 서렸다.

'꽤나 머리가 좋은 놈이군. 생각 이상이야.'

강수는 분명 하이오크를 소환했지만 그들의 지능은 인간에 비할 바가 못 된다.

하지만 지금 크룩이 보여주고 있는 체계는 거의 인간에 근접할 정도였다.

그는 자신의 우월함을 내세워 오크 무리를 완벽하게 장악했고, 그들을 체계적으로 관리할 수 있게 되었다.

"자, 이제 작업을 시작한다."

"크룩크룩."

강수는 크룩에게 오늘 작업할 구역에 대해 설명했고, 곧 작업이 시작되었다.

*   *   *

이른 아침, 서울의 삼대신문사는 허영수의 정치적 위기라는 제목으로 헤드라인을 내걸었다.

이는 허영수가 속한 국민당의 분열을 대변한다는 평이 많았는데, 지금 허영수는 정선 카지노 사업 때문에 수렁에 빠진 상태였다.

정선 카지노 사업은 강원도 출신 국민당원들에 의해 주도되고 있었지만 그와 동시에 두 갈래의 의원이 서로 대립하게 되었다.

태백산맥을 기준으로 동과 서, 그러니까 영동지방과 영서지방 의원들이 서로 자신들의 고향에 카지노를 지어야 한다고 주장하고 있었기 때문이다.

이것은 국민당의 내실이 무너져 내리는 일이었다. 이 때문에 국민당 총재 김판수는 카지노 사업 부지를 아예 동해안으로 바꾸어 버렸다.

이미 카지노 사업에 대한 안건은 김판수와 야당 의원들의 뒷거래로 그 초안은 완성된 상태였다.

다만 부지 선정에 있어서 국민당 의원들의 의견을 조합하여 자신들에게 유리한 쪽으로 사업을 이끌어 나가려던 것뿐이다.

이런 상황에서 김판수가 자당 의원들의 싸움으로 내실이 무너지는 위협을 감수할 필요는 없었다.

그 때문에 정선 카지노 사업은 방향을 틀어 아예 동해안의 새로운 부지로 이전될 계획이다.

이 과정에서 허영수는 어처구니없게도 국민당 내부에 많은 적을 만들게 되어버렸다.

때문에 신문 1면에 허영수의 정치적 기반이 흔들리고 있다는 기사가 내걸리게 된 것이다.

강남 최고의 주상복합아파트인 헤르온 펠리스의 최상층.

양만철은 조금 늦은 아침을 먹고 있었다.

그리고 그 앞에는 강산과 양만철의 비서실장인 양희진이 서 있었다.

그는 오늘 아침 신문사들이 내건 헤드라인을 바라보며 양희진에게 물었다.

"이게 도대체 무슨 말 같지도 않은 소리인가?"

"아무래도 허영수가 약을 잘못 친 것 같습니다."

"약을 잘못 쳐?"

"뒤처리가 미흡한 것이 허영수의 단점이지요."

양희진의 대답에 양만철이 강산을 바라보았다.

"어떻게 된 것인가?"

"…맞습니다. 아마도 그녀의 추측이 맞다고 생각합니다."

"내 통장에서 가지고 간 돈이 무려 500억이다. 그런데 약을 잘못 팔았다고?"

"요즘 허영수 의원이 뒷골목 거래를 할 때 얼토당토않은 딜을 걸었다고 들었습니다."

"이를테면?"

"정선 카지노 지분을 5~10%가량 쥐어준다는 식으로 말입니다."

양만철은 기가 막힌다는 듯이 혀를 찼다.

"…미친놈이군. 왜 그렇게 말도 안 되는 딜을 내건 거지?"

"아마 동서의 여론을 규합하다 보니 그렇게 되었겠지요. 그런데 그 과정에서 제 밥그릇 찾겠다고 의원들이 싸움을 벌여 일이 이 지경까지 된 것 같습니다."

"거참, 골치 아프게 만드는 놈이군."

바로 그때였다.

띠링!

양희진이 양만철에게 고개를 숙였다.

"죄송합니다. 정보통에서 문자가 왔습니다."

"확인해."

이윽고 문자를 확인한 그녀가 입을 열었다.

"이미 증권가 찌라시에 허영수가 뒷돈을 써서 카지노 부지
를 유치했다는 소식이 나돌고 있다고 합니다. 그 금액에 대한
리스트도 이미 상당수 확보된 것 같고요."

순간, 양만철이 사납게 인상을 구겼다.

"…벌써?"

"일단 일이 더 커지기 전에 뒤에서 손을 쓴 것 같긴 한데,
종편에서 이 사실을 정면으로 때릴 수도 있습니다. 놈들은 무
서울 것이 없는 골통들 아닙니까?"

"으음."

"그나마 다행인 것은 돈의 출처는 허영수 하나로 일축된
것 같습니다."

"일이 그렇게 되었단 말이지?"

"예, 회장님."

양만철은 앞에 있던 신문을 땅바닥에 집어 던진다.

투욱.

"처리해라."

"허영수 의원 말입니까?"

양만철은 조용히 고개를 끄덕인다.

"놈은 물론이고 관련자도 조용히 정리해라. 뒤탈도 없고 잡음도 없어야 한다."

"예, 알겠습니다."

고개를 숙인 강산이 물러나자 양희진이 양만철에게 물었다.

"과연 강산이 허영수를 처리할 수 있을까요?"

"글쎄."

"리스크는 없겠습니까?"

"허영수만 입을 다문다면 큰 문제 없을 거다. 놈도 바보는 아니니 어디에 내 이름을 까발리고 다니지는 않겠지."

양만철은 식탁 빈자리의 의자를 뒤로 빼며 말했다.

"앉아라. 식사나 하자."

"예, 회장님."

그는 실소를 흘렸다.

"여기에 도청장치라도 있더냐?"

"습관이 되어서요. 고치겠습니다, 숙부님."

"…자식."

양희진은 양만철의 유일한 혈육으로 죽은 남동생의 딸이다.

양만철은 그녀의 잔에 우유와 커피를 가득 채우며 말했다.

"이번 일은 크게 걱정하지 않아도 된다. 내가 알아서 다 처리하마. 너는 네 일이나 신경 써. 이제 곧 총괄이사 부임 소식이 있을 거다. 내실을 다져야지."

"네, 숙부님."

숙질은 조금 늦은 아침 식사를 시작했다.

*　　　*　　　*

늦은 밤, 원효대교 아래에 위치한 고수부지에서 강산과 허영수가 밀회를 가졌다.

초조한 표정의 허영수는 강산에게 돈 가방을 건넸다.

"이게 내가 가진 전부다. 이것으로 일을 해결해야 한다."

"…아무리 저라도 확답은 드릴 수 없습니다만……."

돈 가방을 받아 든 강산을 바라보며 허영수는 인상을 와락 구겼다.

"이런 개새끼를 보았나?!"

짜악!

손찌검을 당한 강산은 입을 타고 흐르는 피를 소매로 스윽 닦았다.

"저는 그저 사실을 말씀드렸을 뿐입니다."

"뭐, 뭐라?! 그런데 이 변두리 깡패 새끼가……!"

허영수는 다시 한 번 강산의 뺨을 거세게 후려쳤다.

짜악짜악!

씩씩거리며 주체할 수 없다는 듯이 거친 숨을 몰아쉬던 허영수는 이내 강산의 멱살을 잡았다.

꽈득!

"이 새끼 이거 많이 컸네. 네가 양 회장 밑에서 심부름 좀 하더니 눈에 뵈는 것이 없는 모양이구나!"

"눈에 아무것도 보이지 않는 것이 아니라 보이는 것만 말씀드릴 뿐입니다."

"허, 허어! 이젠 깡패 새끼가 의원을 가르치려 드는군. 정말 죽고 싶어 환장한 것인가?!"

"죄송합니다만, 저로선 아무렇게나 답을 드릴 수 없어서 이러는 것뿐입니다."

"사람을 묻어버리는 것이 깡패의 역할이라고 누누이 말하고 다니지 않았던가? 그런데 그게 이렇게 힘든 일이라고 지껄이는 것이냐?"

"그저 사람만 묻는 일이라면 상관이 없지요. 하지만 이해관계가 복잡하게 얽힌 정치판에 저 같은 피라미가 끼어들었다가는 무슨 봉변을 당할지 알 수 없습니다."

"그러니까… 지금 몸을 사리느라 나는 뒈져도 상관이 없다는 뜻이군."

강산은 정중이 돈 가방을 물렸다.

"그런 뜻이 아닙니다. 그저 저는 회장님의 명령을 우선적으로 수행해야 하는 사람이기 때문에 드리는 말씀입니다. 그리고 저 또한 딸린 식구가 많은 사람입니다. 함부로 행동할 수는 없습니다. 다른 사람도 아니고 국회의원들 아닙니까? 좀 힘이 들겠지요."

"이, 이이……!"

이내 강산은 그에게 깊이 고개를 숙였다.

"그럼 저는 이만……."

"잠깐!"

불현듯 강산의 옷깃을 붙잡은 허영수가 물었다.

"좋아, 그렇다면 한 가지만 묻지."

"말씀하시지요."

"네가 감내할 수 있는 범위는 어디까지인가?"

그는 아주 조심스럽게 답했다.

"제가 생명을 건질 수 있는 내에선 무슨 일이라도 가능합니다."

"…알겠다. 그럼 네가 할 수 있는 한 최선을 다해서 일을 처리해 다오."

그제야 강산은 허영수의 돈 가방을 받아 들었다.

"좋습니다. 제가 일을 처리하겠습니다. 하지만 일을 처리한다고 해도 의원님이 다시 원상 복귀할 수 있다고는 장담 못 드리겠습니다."

"괜찮다. 확실히 묻어버리기만 하면 된다."

"알겠습니다."

강산은 그에게 핸드폰을 하나 건넸다.

"이제부터 저에게 연락을 취하실 때엔 이것을 사용하시지요."

"피차 깔끔한 것이 좋다?"

"좋은 것이 좋은 것이다, 의원님께서 항상 강조하시던 말씀이지요."

"후후, 그래. 그게 좋겠군."

명의자가 누구인지 알 수가 없는, 일명 대포폰을 받아 든 허영수는 이내 자신의 차에 몸을 실었다.

"내일 다시 통화하지."

"살펴 가십시오."

이윽고 시동을 걸어 고수부지를 벗어나는 그를 바라보며 강산은 아주 낮게 읊조렸다.

"죽고 싶으면 혼자 죽을 것이지."

그는 이내 부하들에게 전화를 걸어 차량을 불렀다.

*　　　*　　　*

크룩이 오크들의 지휘를 맡으니 벌목 작업은 한결 수월하게 진행되었다.

그리고 거기에서 나오는 잡목을 채취한 강수는 남아 있던 이동식 펜션을 거의 완성시켰다.

이동식 펜션의 예정 공시지가는 1억 5천만 원. 하지만 실제로 판매를 시작하면 금액은 변동될 수 있을 터였다.

이것은 펜션을 통째로 판다는 이점을 부각시킨 가격이기 때문에 실제 매각 때엔 가격 협상이 몇 차례 이뤄질 것이다.

이동식 펜션 건설이 거의 마무리될 때 즈음, 강수는 춘천에서 일하던 인맥을 통하여 서울 위성도시에 건립될 펜션과 별장 부지를 소개받았다.

별장 부지는 현재 성수기를 맞은 지역의 핫 플레이스에 지어질 예정이었는데, 빨라도 내년에야 부지가 완성된다는 것이 정설이다.

하지만 이동이 가능한 강수의 고급 펜션이라면 충분한 경쟁력을 갖고 이번 여름 시장에 뛰어들 수도 있을 터였다.

강수는 경기도 양평에서 별장 사업을 하는 김성식과 거래를 틀 예정이다.

김성식은 강수가 가지고 온 샘플을 바라보며 탄성을 내질렀다.

"대리석의 단면이 상당히 깔끔하면서도 묵직하네요."

"장인이 망치질로 직접 다듬은 물건입니다."

최고급 원목과 드워프의 손길로 만든 석재들은 그 재질이 대형 자재 회사의 기성품과 비교할 수가 없었다.

이리저리 표본을 둘러보던 그는 흔쾌히 고개를 끄덕였다.

"과연 진짜 물건은 물건이군요."

"어떻습니까? 마음에 드십니까?"

그는 흔쾌히 고개를 끄덕였다.

"물론입니다. 이 정도 물건이라면 정말 1억 5천을 받으셔도 무리가 없겠군요."

"그렇게 평가해 주시니 감사할 따름입니다."

아까부터 계속해서 펜션에 대한 호평을 늘어놓던 그는 이내 고개를 살짝 숙였다.

"하지만 가격이 약간……."

"1억 5천이 너무 부담되시는 모양이군요."

"마, 맞습니다! 가격이 너무 부담되어서 구매하기 어렵겠다고 생각하는 중입니다."

소심하고 조심스러운 표정으로 일관하고 있기는 했지만 강수는 그의 속내를 어느 정도 파악할 수 있었다.

지금 그는 고도의 심리전을 통해 강수에게 흥정을 해보려는 것이다.

이렇게 최대한 저자세로 나가 상대방의 마음을 흔들어놓고 가격을 절충한다면 통할 수도 있었다.

웃는 얼굴에 침을 뱉을 수는 없는 바, 게다가 멀리서 온 김성식을 단칼에 잘라낸다는 것은 인정상 불가능한 일이다.

'고단수는 고단수군.'

사실 그가 자세히 말은 하지 않았지만 강수는 김성식에 대한 정보를 어느 정도 가지고 있었다.

김성식은 펜션 사업으로 잔뼈가 굵은 사람으로, 서울 인근에 건설회사를 운영하며 개인 펜션 단지를 조성할 정도로 사업 수완이 좋다.

그는 자신이 숙이면 숙일수록 첫 거래에 도움이 된다는 사실을 익히 알고 있었다.

그 사실을 훤히 꿰뚫고 있지만 강수는 속는 척 넘어가기로 했다.

"1억 5천이 힘드시면 1억 4천 5백은 어떠십니까?"

"어이쿠, 제가 그런 돈이 어디에 있습니까? 1억이라면 몰라도……."

"그건 제가 너무 밑지는 장사라서 말입니다."

"그럼 1억 천에는 안 되겠습니까? 안 되겠지요?"

강수는 어차피 그가 중간쯤 금액을 잡았을 것임을 알고 있다.

"좋습니다. 3천에 드리지요."

"조금 더 절충은……."

"저라도 어렵습니다."

김성식은 재빨리 떡밥을 물었다는 듯 소리쳤다.

"좋습니다! 3천, 1억 3천에 계약하시죠!"

"알겠습니다. 계약금은 3천, 잔금은 물건을 받고 지불하시지요."

"그래요. 그렇게 합시다."

두 사람은 손을 굳게 맞잡았다.

*   *   *

정선의 작업장. 강수와 랄프가 이동식 펜션을 옮기기 위한 작업으로 바쁘게 움직였다.

랄프는 강수가 알려준 지게차 운전법을 완벽하게 익혀 자유자재로 차량을 다룰 수 있는 경지가 되었다.

위이이이이잉!

정선 읍내에서 렌탈한 대형지게차를 몰아 정확하게 이동식 펜션을 들어 올린 랄프는 강수에게 위치를 조정할 것을 제안했다.

"옆으로 조금만 더 옮기자."

"좋아, 얼마나?"

"한 15㎝ 징도?"

"알겠다."

강수는 집게크레인을 이용해 펜션을 지지하고 랄프는 그 것을 들어 올려 트레일러에 실을 예정이다.

트레일러에는 바퀴가 달린 선반 차량이 달려 있는데, 그 위에 집을 올리고 단단하게 고정시키면 운반 준비는 끝이 난다.

대형 장비와 트레일러 면허를 소지한 강수는 직접 이를 운반하여 계약한 곳까지 옮길 예정이다.

선반 차량에 집을 올리고 로프와 지주 핀으로 고정시키고 나니 도로를 달릴 수 있을 정도가 되었다.

강수는 반나절을 꼬박 차량을 운반할 준비로 시간을 보냈다.

그리고 이제 그는 차량을 끌고 경기도까지 국도를 타고 이동해야 한다.

"대장정이 되겠군."

"그러게 말이야. 올리는 것도 이렇게 힘든데 내릴 땐 어떻게 하지?"

"그곳에 기술자들이 있어. 우리는 집을 가져다주는 것으로 역할이 끝나."

"다행이군."

랄프는 이 엄청난 작업을 다시 할 생각으로 눈앞이 캄캄하던 찰나였다.

"아무튼 잘되었어. 나도 이젠 조금 쉬어야겠다고 생각했거든."

"잘 생각했다. 체력을 회복하고 있어. 곧 술을 사가지고 돌아오겠다."

"기다리고 있지."

요즘 두 사람은 함께 술을 마시는 데 푹 빠져 꽤 많은 시간을 서로에게 할애했다.

이로써 엘프와 드워프가 조금은 가까워질 수 있을 것이다.

*   *   *

경기도에 위치한 펜션 부지까지 안전하게 집을 배달한 강수는 현금으로 1억 3천만 원을 받았다.

그는 정식 영수증과 계약서까지 보증해 다시는 강수와 그가 만날 일이 없도록 했다.

태백으로 돌아온 강수는 이번 계약으로 자신이 벌어들인 순수익을 따져보았다.

"1억 2천이라……. 제대로 남는 장사군."

통나무 펜션을 하나 짓는 데 걸린 시간은 약 두 달이고 들어간 금액은 1천만 원이 조금 안 된다.

그렇게 따지면 두 달에 1억 2천을 벌 수 있다는 소리다.

거기에 만약 랄프와 강수가 나누어 집을 동시에 두 채를 지을 수 있다면 한 달에 1억을 버는 꼴이 된다.

다만 아직까지 이동식 펜션을 찾는 사람이 그렇게 많지는 않기 때문에 수요가 뒷받침될지는 알 수 없었다.

강수는 벌어들인 돈을 계좌에 집어넣고 태백 시내에 위치한 건설 장비상을 찾았다.

태백에서 유일하게 건설 장비를 취급하는 양성상사의 규모는 서울에 위치한 중고자동차 시장에 버금갈 정도였다.

만약 이곳이라면 용접기 등을 아주 저렴하게 구매할 수 있을 터였다.

"용접기와 고속절단기 등을 좀 살 수 있습니까?"

"얼마나 구매하실 거지요?"

"두 벌 정도 구매할 예정입니다. 기왕이면 글라인더도 종류별로 구매하고 싶고요."

"알겠습니다."

거의 모든 것을 수작업으로 진행하는 랄프이지만 그 역시 자동화 기기가 있으면 편할 것이다.

강수는 양성상사 직원에게 총 열다섯 개의 장비를 추천받았다.

"총합이 얼마입니까?"

"20만 원만 주십시오."

그는 현금으로 대금을 지불하고 중장비 회사를 찾았다.

강수가 건설에 필요한 중장비는 대형지게차로, 앞으로 무수히 많은 작업에 동원될 것이다.

그는 제작 연도가 상당히 오래되었으며 어지간하면 구매할 사람이 없는 모델을 중심으로 추천받았다.

"지금 보시는 모델은 1970년대 오일 러시 때 사용하던 모델입니다. 작동이 될지는 저도 장담할 수가 없군요."

"가격은 얼마나 될까요?"

"천만 원? 뭐, 그 정도 하지 않겠습니까?"

"으음, 그래요?"

강수는 이것을 랄프에게 가지고 가서 새것처럼 고쳐 집을 나르는 데 사용할 예정이다.

지게차의 렌탈 비용 역시 만만치가 않기 때문에 운반과 선적 비용을 절약하려면 필수적으로 있어야 할 장비였다.

그는 최대한 저렴한 가격으로 장비를 마련할 생각이다.

"600만 원에 주시죠."

"네? 그건 좀……."

"어차피 저런 골동품을 누가 사갈 리 없지 않습니까? 그럴바엔 저에게 파십시오. 고물값보단 더 드리는 것 아닙니까."

"그렇긴 해도……."

"나중에 제가 물건을 가지고 가서 반품하거나 환불을 요구하는 일은 없을 테니 그냥 고물상에 좋은 값에 파셨다고 생각하고 넘기시죠."

"으음."

잠시 생각에 잠겨 있던 그는 이내 고개를 끄덕였다.

"그럼 50만 원만 더 주시죠."

"650이라……."

"이 정도면 꽤 많이 양보한 것 같은데요."

강수 역시 자신의 의견을 끝까지 고수할 생각은 없었다.

"좋습니다. 계약하시죠."

강수는 78년식 대형지게차를 650만 원에 구매했다.

*   *   *

랄프가 그 어떤 기계도 새것처럼 만들 수 있는 이유는 그가 대장간에서 부품을 새로 만들어내기 때문이었다.

부식된 부품의 원형 사진을 보면 그 모양과 크기를 그대로 본떠서 주물로 부품을 제작하고 연마했다.

그렇기 때문에 도면과 관련한 해체 사진만 있으면 제품을 새로 만드는 것은 그리 어려운 일이 아니었다.

그가 이렇게 자유자재로 쇠를 다룰 수 있는 것은 용광로에

마나가 섞여 있기 때문이었다.

그리고 드워프들은 물건을 만드는 데 마나를 사용하기 때문에 인간보다 훨씬 더 정교하고 섬세한 작업이 가능했다.

이것은 일종의 마법에 대장 기술을 도입한 것인데, 그 어떤 드워프도 타 종족에게 이 방법을 발설하지 않았다.

까앙, 까앙!

대장간에서 지게차 부품을 본떠서 만든 랄프는 이것을 마나 온천수에 담가서 식혔다.

치이익!

이 과정에서 마나 온천수에 녹아 있던 마나가 철에 달라붙으면서 고도의 코팅 작용이 일어난다.

그는 이것을 다시 마나로 달군 풀무에 넣고 달군 후 꺼내어 망치질을 했다.

이런 식으로 철을 연마하게 되면 다시는 부식될 일 없는 최고의 부품이 탄생하게 되는 것이다.

그가 부품을 만들어주면 강수는 해체한 차량에 그것을 끼워 조립했다.

드르르르르륵!

드릴을 이용해 해체되어 있는 지게차에 부품을 끼우고 다시 조립하면 수리가 끝나게 되는 것이다.

강수는 지게차의 엔진에 들어가는 부품을 전부 다 빼내고 그것을 다시 연마해서 끼워 넣기로 했다.

지금의 진행률은 약 60%. 아마 마나 온천이 없었으면 절대로 불가능한 일이다.

"시동 한번 걸어볼까?"

"그래."

끼리리리릭, 부아아아아앙!

거친 굉음과 함께 매캐한 연기를 내뿜는 지게차 엔진을 바라보며 랄프는 인상을 와락 구겼다.

"관도 상해 버렸어. 이대로라면 안 굴리느니만 못하는 상태가 될 텐데."

"생각보다 복잡하군."

"비슷한 부품을 구할 수 있겠나?"

강수는 작게 고개를 끄덕인다.

"강원도 바닥 어느 한 곳에는 부품이 있겠지."

"좋아, 그럼 나는 계속해서 철 계열 부품들을 만들고 있을 테니 넌 고무관과 합금 관을 확보하도록 하자고."

"알겠다."

강수는 강원도 원주로 향했다.

*　　*　　*

원주에는 강수의 중학교 동창이 운영하는 고물상이 위치해 있었다. 이곳으로 강원도 전역의 고물이 다 모여들었다.

그는 최대한 부품과 비슷하게 생긴 고물들을 추려서 리어카에 담았다.

하지만 워낙 들어갈 부품이 많아서 한두 번 왔다 갔다 해선 답이 안 나올 듯했다.

고물상 주인 형진은 고물을 줍고 있는 강수를 바라보며 말했다.

"도대체 그렇게 많은 고물은 다 뭐 하는 데 쓰려고?"

"차를 좀 고쳐서 쓰려고."

"차를?"

"부품을 연마해서 필요한 것들을 보충해 사용하려고."

형진은 고개를 가로저었다.

"세상에, 그게 가능해?"

"못할 것은 또 뭐야? 어차피 자동차 부품도 사람이 만드는 것 아닌가?"

"뭐, 그건 그렇지만……."

"생각의 패러다임을 조금만 전환하면 고물도 새것이 된다, 이게 너희 업계의 마인드 아니었나?"

"하긴."

고물상이야말로 헌 물건을 새 물건으로 바꾸어 사용하는

가장 대표적인 업종이라고 할 수 있었다.

강수의 경우엔 그 도움을 아주 조금 받는 것뿐이다.

한가득 부품을 수레에 실은 강수가 그에게 가격을 물었다.

"다 해서 얼마야?"

"2만 원만 줘."

"조금 더 싸게는 안 되냐?"

"야, 이 도둑놈아, 아무리 그래도……."

"좀 더 깎아줘."

고물상에서 철값을 흥정하다니, 세상천지 어디에도 이런 사람은 없을 것이다.

하지만 그런 사람이 있으니 흥정이라는 말도 있을 터, 형진은 5천 원을 깎아주었다.

"지독한 놈 같으니. 만 5천 원에 가져가라."

"그래, 진즉 그랬어야지."

강수는 트럭에 자재를 싣고 차에 시동을 걸었다.

부르르릉!

"자, 철값."

"그래, 고맙다, 이놈아."

돈을 내어주곤 쏜살같이 고물상을 빠져간 강수. 형진은 뭔가 찜찜한 마음에 지폐 뭉치를 펴보았다.

그리곤 자신에게 돈을 건넨 강수를 향해 욕지거리를 내뱉었다.

"이런 자린고비 같은 새끼!"

강수가 그에게 건넨 돈에는 천 원짜리 두 장이 빠져 있었던 것이다.

그는 멀어져 가는 강수를 바라보며 실소를 흘렸다.

"홋, 그래, 네놈이 돈을 제대로 주면 그게 더 이상한 거지."

예전부터 돈이라면 아주 악착같이 모아온 강수이기에 이젠 별 이상할 것도 없는 형진이다.

돈을 주머니에 넣어 갈무리한 그는 질렸다는 듯 고개를 가로저었다.

"무시무시한 놈. 그렇게 모아서 어디 재벌이라도 되려는 모양이지?"

애초에 강수에게 푼돈을 제대로 받으려던 형진의 생각이 잘못된 것이었다.

그는 찝찝한 기분으로 하루를 마무리했다.

*   *   *

늦은 저녁, 부품을 사 들고 집으로 돌아가던 강수는 마을회관의 불빛이 아직도 환하게 켜져 있는 걸 보았다.

그리고 그 앞에는 동생 희수도 서 있었다.

"야, 여기서 뭐 해?"

강수의 부름에 희수가 울상을 했다.

"오빠, 우리 마을 이제 어떻게 해?"

"그게 무슨 뚱딴지같은 소리냐? 가만히 있는 마을이 뭘 어 쨌다고?"

"최근에 정선에 카지노가 생긴다고 했잖아. 거기에 들어가 는 자재를 우리가 조달할 수 없게 되었대."

"뭐?"

이윽고 강수에게 마을 이장이 다가왔다.

"아이고, 강수야! 우리 이제 어쩌면 좋으냐?"

"왜 그러세요? 갑자기 무슨 납품이 취소되었다는 겁니까?"

강수의 손을 잡은 이장이 넋두리를 시작했다.

"강산이라는 자가 그러더구나. 정선에 있는 카지노 부지가 울진 쪽으로 틀어질 것이라고 말이야."

"울진이요?"

"그래. 그런데 울진으로 옮기면서 계획도 전면 수정되었 대. 우리 마을이 카지노 부지에 자재를 납품하는 것은 불가능 할 것 같대. 업체를 바꾼다고……."

"네?!"

강수는 이 상황이 도저히 이해가 가지 않았다.

"도대체 지들이 뭐라고 나라에서 하는 사업을 좌지우지한

단 말입니까?"

도무지 이해할 수 없다는 듯 씩씩거리던 강수의 뒤로 한 청년이 다가섰다.

"뭐긴, 우리가 그 카지노를 만들 사업자이기 때문이지."

순간 강수는 눈살을 찌푸렸다.

"…강산."

"원수는 외나무다리에서 만난다고 했던가? 우리의 악연도 참으로 질기군. 더 이상 얼굴을 볼 일이 없을 줄 알았는데 말이야."

"이하동문이다. 도대체 뭐가 어떻게 된 거냐? 제대로 설명을 좀 해봐. 갑자기 이제 와서 사업자 선정을 바꾸는 이유가 뭐야?"

"정책이 바뀌었어. 허영수 의원이 정계에서 밀려나면서 부지가 변경될 예정이다. 그에 따라서 그 안에 속해 있는 사업자 역시 모두 다 바뀌었지."

"그런 미친 소리가 다 있나?"

"말 된다. 최근 허영수 의원이 비리를 저지르며 정선 카지노를 유치했다고 말이 많아. 그런 가운데 그 휘하의 하청이 제대로 정해졌겠나?"

"…보면 모르나? 우리가 정경유착과 관련이 있을 것 같아 보여?"

"그거야 나도 모르지. 난 그냥 위에서 시키는 대로 움직일 뿐이다."

"……."

아마도 그는 강수에게서 맞은 줄빠따가 아직도 생각나는 모양이었다.

"인과응보다. 사람이 심보를 고약하게 쓰니 일이 이렇게 꼬이는 거지."

"…원하는 것이 뭐냐?"

"으음, 그런 것 없다. 나랏일에 나 같은 건달이 뭘 원할 수 있겠나? 그냥 시키는 대로 움직일 뿐이지."

"제기랄."

강산은 재미있다는 듯 강수를 바라보며 물었다,

"방법이 하나 있긴 하다. 궁금한가?"

"사람 놀리는군."

"후후, 그렇게 생각되나? 정말 아닌데 말이야."

자꾸만 자신의 심기를 불편하게 만드는 강산을 바라보며 강수가 말했다.

"…줄빠따를 또 쳐야 정신을 차리지?"

"뭐라?"

"또 물 곤장을 맞아야 제대로 주둥이를 나불거릴 것인가 물은 것이다."

이윽고 강수는 자신의 차에서 피딱지가 덕지덕지 붙은 몽둥이를 꺼내 들었다.

그그그극.

"진짜 그러다 죽는 수가 있어."

그제야 강산이 실소를 흘리며 두 손을 들었다.

"후후, 그럴 리가 있나? 그냥 한번 장난 좀 쳐본 것이다. 너무 화내지는 말라고. 내가 죽으면 방법은 누가 알려주겠나?"

"……."

강수를 놀린 그는 그제야 자신이 가지고 온 조건을 얘기했다.

"중국으로 가라."

"중국?"

"이번 정선 카지노 부지를 설립하는 데 내몽골자치구와 몽골중앙정부의 도움을 많이 받기로 했었다. 그중에는 자금적인 부분은 물론이고 내몽골자치구 출신 정치인들의 입김도 작용할 예정이었지. 하지만 그것이 다 틀어지면서 투자는 다른 지역의 협력군과 함께해야 할 입장이 되었어."

"그래서 나더러 뭘 어쩌란 거냐? 허허벌판에 빌딩이라도 세우라는 소리인가?"

"비슷하다."

"뭐?"

그는 강수에게 황사에 대한 포스터를 내밀었다.

"들어는 봤을 것이다. 우리가 중국에서 날아온 흙먼지 때문에 엄청난 피해를 입고 있다는 것."

"그게 뭐가 어쨌다는 거냐?"

"우리가 저들의 기분을 다시 돌리려면 고비사막과 몽골 국경 지역에 나무를 심어야 한다."

"나무를?"

"그래, 그게 바로 저들이 카지노 사업 차기 부지에 투자하겠다는 조건이다."

"뭐 그런 미친 조건이……."

"정선 카지노가 틀어지면서 그들의 기분이 많이 상한 상태다. 사막에 나무를 심는 일은 미친 짓이나 다름없지. 하지만 아주 불가능한 일도 아니야. 실제로 고비사막 일부는 너른 초원지대와 작은 숲도 포함되어 있으니까. 우리가 녹지 조성에 대한 제안을 받은 곳은 바로 그 녹지 안이다. 불가능하지는 않아."

"참, 미친 소리를 아주 제대로 하는군. 그러니까 지금 나더러 중국 사막에 나무를 심고 오라는 말이냐?"

"그렇다. 그게 가능하다면 몽골도 어쩔 수 없이 투자를 할 수밖에 없을 거다. 또한 요즘 황사니 뭐니 해서 중국과의 관계도 안 좋은데 이번 일로 한탕 크게 벌이면 정부에서도 가만있지는 않을 것이다. 뭔가 큰 보상을 내리겠지."

"……."

강수는 제대로 뒤통수를 얻어맞은 기분이 들었다.

강산은 강수에게 원한이 있었고, 그것을 갚기 위해 마을 사람들을 포로로 잡은 것이다.

"어때? 네가 중국으로 건너가 녹지 조성에 성공한다면 마을은 살아날 수 있다."

"……."

"그리고 또 한 가지, 카지노의 지분 0.01%을 나누어 주지."

순간, 마을 사람들의 눈이 번쩍 뜨인다.

"지, 지분을?!"

"오오!"

가만히 얘기를 듣고 있던 강수가 물었다.

"그럼 나에겐 무슨 혜택이 있지?"

"뭐?"

"사막에 가는 사람은 나 아닌가? 무슨 특전이 있어야 고비 사막에 나무를 심던 오아시스를 파던 할 것 아니냐."

"흐흠, 그건 그렇지."

강산은 강수에게 아주 통 큰 제안을 한다.

"0.5%를 주겠다."

"……!"

"어떤가? 구미가 좀 당기나?"

외국인 자본까지 유치해 가면서 짓는 카지노의 규모야 이루 말로 설명할 필요가 없을 정도로 대단할 것이다.

그 지분의 0.5%라곤 하지만 실제 강수에게 돌아올 배당은 상당히 짭짤할 터였다.

강산의 말을 전부 다 수용할 수는 없지만, 만약 그게 사실이라면 상당히 남는 장사다.

"내가 그곳에 가서 일을 성사시킨다고 해도 네가 말을 바꾸면 그만 아닌가?"

"당연히 계약서를 써야지. 녹취도 할 것이고."

"진심인 모양이군."

"미쳤다고 내가 농담 따먹기나 하겠나?"

"음."

"결정해라. 결정은 네 몫이니."

이윽고 그는 마을을 떠나 버렸고, 강수는 깊은 고뇌에 빠져들었다.

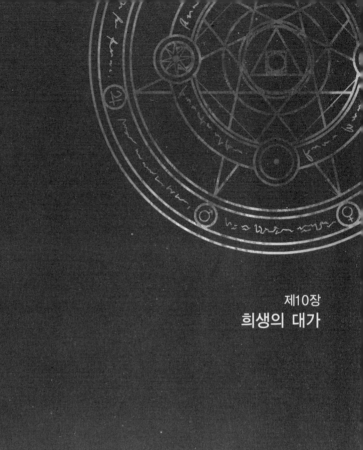

제10장
희생의 대가

늦은 밤, 강수의 중국행이 결정되었고, 희수는 잔뜩 굳은 얼굴로 짐을 싸고 있었다.

그녀는 퉁퉁 부어오른 볼로 눈썹을 일그러뜨리며 강수에게 툴툴거리듯 물었다.

"그런데 왜 하필이면 오빠래?"

"그거야 나도 모르지."

그녀는 강수가 사막에서 생고생을 할 거라며 그의 중국행을 반대했다.

하지만 원래 이득을 좇아서 살아가는 것이 사람이라고 했다.

"이유야 어찌 되었든 두둑이 돈을 챙겨준다잖아. 저 돈이면 네가 원하던 도시 생활을 할 수도 있을 거다."

"그거야 지금도 충분히 할 수 있잖아?"

"그게 그렇게 쉽지만은 않은 문제야. 저도 잘 알잖아. 기반을 옮긴다는 것이 어떤 것인지."

"하지만……."

"사막에 나무를 심는다는 것이 힘들어 보이지만, 사실은 그렇지만도 않아. 녹지를 조성하는 곳이 모래 지대 한가운데는 아니니까."

"그게 그거지."

자꾸 투덜거리는 그녀에게 강수는 생활비 카드를 건넸다.

"이거 받아. 사정이 다시 나아졌으니까 이걸로 생활할 수 있을 거다."

"휴우, 참……."

"유종의 미를 거두자."

이내 강수는 캐리어의 뚜껑을 닫아버렸다.

이른 아침, 강수네 집 앞으로 한 대의 트레일러가 도착했다.

트레일러 후방 짐칸에는 강수의 중장비들과 함께 5년생 나무들이 함께 적재되었다.

그것을 도와주는 현우의 표정 역시 좋지 못했다.

"굳이 중국까지 건너가는 이유가 뭐냐?"

"뭐긴, 돈 때문이지."

"참 알 수 없는 놈이군. 꼭 중국이 아니라도 나무를 팔아먹을 곳은 많아."

"돈이 되잖냐."

"그건 그렇지만……."

강수와 현우는 이내 트레일러에 짐을 모두 싣고 그 입구를 단단히 봉했다.

철컥.

작업을 마친 강수는 현우의 어깨를 두드리며 말했다.

"동생 좀 잘 부탁한다. 일만 잘 끝나면 한턱 제대로 쏠게."

"자식, 걱정 마. 우리가 어디 남이냐?"

"고맙다."

"몸 조심히 다녀와."

"그래."

이내 강수는 트레일러에 올랐고, 두 사람은 짤막하게 이별을 고했다.

＊　　　＊　　　＊

트레일러는 인천항을 향해 달리고 있었다.

부아아아앙!

굳게 닫힌 트레일러 안에는 오크 무리가 몸을 숨기고 있었다.

"크룩크룩."

좁은 나무 상자 안에 들어간 오크들은 인천의 세관을 통과하기 위해 짐으로 위장했다.

오크들을 일꾼으로 위장시켜 돌아다니는 것은 신분 확인이 필요하지 않을 때의 얘기다.

한국에서 중국으로 국제 이동을 할 때엔 신분이 필요한데, 오크들은 사람의 말을 할 수 없으니 분명 문제가 될 것이다.

그래서 강수는 오크들을 컨테이너에 싣고 중국 다롄까지 이동하기로 했다.

거기서부터는 비행기를 타고 몽골 칭기즈칸 공항까지 항공기로 이동하면 수속에는 문제가 생기지 않을 것이다.

인천 세관으로 들어가는 길, 제법 삼엄한 경계가 이뤄지고 있었다.

"수고하십니다."

"어디서 오시는 길이지요?"

"정선군 녹색사업소에서 왔습니다."

북동시멘트에선 고비사막으로 나무를 보내는 녹색사업소를 설립했는데, 강수는 그 신분으로 중국에 들어가는 것이었다.

　세관직원들은 강수의 트레일러에 있는 물건들에 대해 물었다.

　"뒤에 있는 것은 뭡니까?"

　"묘목과 씨앗입니다. 중형장비도 들어 있고요."

　만약 이것이 수출용 물품이라면 아마 정밀 장비를 돌리고 사람이 일일이 짐을 풀어보았을지도 모른다.

　하지만 엄연히 따지면 봉사활동을 떠나는 차량에 그런 조사를 진행할 수는 없었다.

　몇 차례 검문 절차를 밟은 강수의 트레일러는 무사히 통관 절차를 마쳤다.

　"수고하십시오."

　"네, 그럼."

　강수는 트레일러를 몰아 중국 다롄항으로 떠나는 배로 향했다.

*　　　*　　　*

　인천에서 다롄까지는 가는 뱃길은 꼬박 15시간이 걸리는 대장정이었다.

오후 다섯 시에 출발한 배는 다음 날 아침 여덟시나 되어야 도착할 터이다.

솨아아아아!

넘실거리는 파도를 뚫고 중국 다롄으로 향하는 누리호 갑판에 한 무리의 사내가 서 있었다.

그들의 행색은 조금 남루해 보였는데, 모두 연변 말투를 사용했다.

"놈은 지금 어디에 있나?"

"객실에서 잠을 청하고 있습니다."

"그렇군."

"작업은 언제쯤 시작할까요?"

"저쪽에서 작업을 시작하고 난 후에 우리도 슬슬 움직여야 할 거다. 강산이가 원하는 것은 일이 어느 정도 진행되고 난 후에 작업을 시작하는 것이니까."

"알겠습니다. 그럼 작업장은 몽골로 잡으면 되겠습니까?"

"그러는 편이 좋을 것 같군."

무리의 우두머리쯤으로 보이는 청년에게 사내들이 사진을 한 장 보여주며 물었다.

"그나저나 이 여자는 언제쯤 처리하면 됩니까?"

사진 속에 나온 여자는 전형적인 한국형 미인으로, 거리에서 본다면 한 번쯤 시선이 돌아갈 만한 미모의 소유자였다.

하지만 그는 무심한 눈으로 사진을 바라보았다.

"아, 이 여자도 작업 대상에 있었나?"

"네, 그렇습니다."

"지금 이 배에 타고 있고?"

"네."

"그럼 미룰 것 있나? 여기서 작업하고 치우지, 뭐."

"알겠습니다."

사내들은 검은색 행낭을 챙겨 이내 배 내부에 있는 목욕탕으로 향했다.

목욕탕은 지금 공사 중이라는 푯말이 붙어 있기 때문에 어지간한 사람은 출입하지 않을 터였다.

사내들은 목욕탕 안에 수술 도구를 마련하고 그 아래에 비닐을 깔았다.

이곳에서 수술이라도 하려는 것일까?

잠시 후, 목욕탕 문이 열리며 한 여성이 들것에 실려 안으로 들어왔다.

"왔군."

"시작하시죠."

사내들 중 가장 나이가 많은 남자가 소주병 뚜껑을 몇 개 개봉한 후 그것을 대야에 부었다.

콸콸콸!

그리고 그것을 반쯤 벌컥벌컥 들이켰다.

꿀꺽꿀꺽!

"크흐! 좋다!"

"작업 들어가겠습니다."

"그래."

여성은 실오라기 하나 걸치지 않은 채로 간이수술대 위에 누웠고, 중년남성은 술 냄새가 풀풀 나는 손으로 수술용 메스를 잡았다.

이들에게 지시를 내린 청년은 멀리서 그 장면을 지켜보며 어딘가에 전화를 걸었다.

"물건 확보했습니다. 언제쯤 만나면 될까요?"

─다롄에서 봅시다. 통관은 알아서 합니다.

"그러시죠."

이윽고 전화를 끊은 그는 또 다른 누군가에게 전화를 걸었다.

"나다."

─어디쯤 가고 있나?

"한 여섯 시간쯤 후엔 다롄에 도착할 것 같군."

─처리는 어떤 식으로 할 건가?

"그 넓은 사막에 처리할 곳이 어디 한둘인가?"

─하긴, 그건 그렇지.

"평생 시신만 발견되지 않으면 상관없는 것이지?"

─그래, 그 정도면 된다.

"알겠다. 대신 놈의 몸에 있는 것들은 우리가 가져간다."

─좋을 대로. 부수입으론 아주 짭짤하겠군.

"후후, 뭐 그렇지."

─그럼 일을 끝내는 대로 전화하도록.

"알겠다."

전화를 끊은 그는 이내 목욕탕에서 나와 선실로 향했다.

*　　*　　*

다롄에서 짐을 내린 강수는 다롄 국제공항에서 비행기를 타고 내몽골자치구로 들어갈 준비를 마쳤다.

고비사막에 짐을 풀고 녹음 조성 지역에 베이스캠프를 치려면 한시라도 서둘러야 했다.

때문에 그는 오크들이 든 나무 상자까지 모두 비행기에 실어서 몽골 칭기즈칸 국제공항에 내릴 예정이다.

삐빅!

수출입 통관을 담당하는 공안은 강수의 신분증을 확인했다.

"신분증 제시하시죠."

"네, 알겠습니다."

출입국 게이트에서 여권을 제시하자 그는 파란색 도장을 찍었다.

쾅!

"잘 오셨습니다.. 지금 곧바로 공항으로 이동할 수 있도록 준비해 두었습니다."

"감사합니다."

중국 정부는 환경오염 문제에 상당히 민감하게 반응하지만 자원봉사자를 내칠 정도로 야박하진 않다.

내몽골자치구에서 준비한 화물 항공기가 다롄시와 연계하여 강수를 에스코트할 모양이다.

"짐은 어디에 있습니까?"

"컨테이너를 야적장에 내리고 있습니다. 한 시간 후에 내몽골자치구에서 보낸 수송기가 오기로 했습니다."

"그렇군요. 그럼 그 작업에 저희 직원들이 투입될 수 있도록 조치하겠습니다."

"그러면 저야 감사하지요."

정부와 연계된 봉사활동은 복잡한 통관 절차를 밟지 않아도 되니 시간을 절약할 수 있었다.

또한 나무 상자에 들어 있는 오크들이 발각될 염려가 없으니 강수가 신경 쓸 일이 줄어들어 좋았다.

공안에서 제공한 인력과 함께 컨테이너 야적장으로 향한 강수는 컨테이너에 안전 바를 묶고 항공기를 기다렸다.

약 한 시간 후, 중국 정부에서 제공한 몽골행 화물항공기가 모습을 드러냈다.

휘이이이잉!

내몽골자치구는 강원도 20개 지역 지자체와 자매결연을 맺었기 때문에 편의 시설 제공이 꽤나 화려했다.

소형 수송기까지 동원된 편의 시설 제공은 마치 군사작전을 방불케 했다.

"반갑습니다. 기장 마오찌안입니다."

"이강수입니다."

"오늘 선적할 물건은 저것입니까?'

"예, 그렇습니다."

"가시죠."

강수는 마오찌안 기장과 부기장을 따라 항공기에 몸을 실었다.

*　　　*　　　*

몽골 칭기즈칸 국제공항에 내린 강수는 다시 짐을 환적하여 대형 트레일러에 실었다.

이렇게. 물류를 이동시키는 데 들어갈 비용도 만만치는 않았지만 이번에는 특별히 중국에서 항공비를 면제할 수 있는 특전을 주었다.

강수가 부담해야 할 비용은 현지에서 트레일러를 움직이는 비용이 전부였다.

그는 공항에서부터 직접 트레일러를 몰아 고비사막으로 들어가기로 했다.

예전 같으면 지도 한 장 달랑 들고 찾아가야 할 테지만 요즘은 군사용 내비게이션과 GPS 장치가 있어서 길치만 아니면 충분히 부지를 찾아갈 수 있었다.

이제 혼자가 된 강수는 길 중간에 오크들이 들어 있는 컨테이너를 개방시켰다.

철컹!

이윽고 문이 열리며 초췌한 몰골의 오크들이 모습을 드러냈다.

"…크룩크룩."

오크들은 먼 길을 여행하면서 심각한 멀미로 인해 거의 초주검 상태였다.

강수는 무리 중에서 크룩을 찾았다.

"크룩."

"크룩, 마, 마스터."

"괜찮나?"

"아, 아직은⋯ 죽지 않았습니다."

"후후, 고생했다."

"크룩, 아닙니다."

오크들의 생사를 확인한 강수는 나무 상자에서 그들을 꺼 낸 후에 다시 목적지로 향했다.

"힘이 들어도 어쩔 수 없다. 아직 목적지에 도달하지 못했 어."

"크룩, 괜찮습니다. 어서 가시지요."

이런 상태로 과연 일을 시킬 수 있을까 싶지만 강수는 다시 차를 몰았다.

그들에겐 헬하운드 개소주와 엔트 수액이라는 비장의 무 기가 있기 때문이다.

부아아아앙!

"크, 크룩."

안색이 창백해진 오크들은 다시 몸을 웅크려 멀미에 대비 했다.

* * *

내몽골자치구에 위치한 고비사막.

강수는 초목지대와 황량한 광야를 양쪽에 두고 섰다.

서쪽으로는 초목지대가 조성되어 있지만 동쪽으로는 이미 사막화가 많이 진행된 상태였다.

과연 강수가 이곳에 나무를 심을 수 있을지는 조금 더 두고 봐야 할 일이었다.

그는 차량에서 오크들이 묵을 숙소를 꺼내어 설치하는 일을 가장 먼저 진행했다.

강수는 한국에서 공수한 파풍망과 장막을 치고 그 안에 오크들의 숙소를 설치할 예정이다.

혹서기의 고비사막은 한낮의 온도가 영상 50도 가까이 올라간다.

그러다 8월에서 9월로 넘어가는 간절기에는 무려 60도가량 되는 일교차를 보이며, 9월 중순에서 10월 초순에는 폭설이 내리며 영하 40도까지 내려간다.

한마디로 고비사막의 기후는 극한의 혹서, 혹은 혹한으로 이뤄져 있다고 볼 수 있었다.

언뜻 보기엔 이 무지막지한 곳에서 어떻게 나무를 키우느냐는 생각이 들겠지만, 사막이라고 생물이 아예 살지 못하는 것은 아니다.

사막도 지하수를 머금고 있으며 모래바람만 잘 이겨낸다

면 충분히 나무가 자랄 수 있었다.

강수가 이곳에 파풍망을 치고 장막까지 설치하려는 것은 모두 모래바람을 막아내려는 것이다.

이곳에 모래를 막을 수 있는 파풍망과 장막만 제대로 건설할 수 있다면 3만 평이 아니라 10만, 100만 평 부지에도 숲을 만들 수 있었다.

그전에 그는 인부들로 부릴 오크들이 안전하게 지낼 수 있는 숙소를 만들어 작업 환경을 확보하기로 했다.

쾅쾅쾅!

강수는 땅 위에 가건물을 세우면서 깊이 4미터의 말뚝을 박아 기둥을 삼고 그 뒤로 단단한 로프를 연결해서 건물을 지지하도록 했다.

사막에는 바람이 많이 불기 때문에 잘못하면 밤사이에 건물이 날아가는 황당한 경우가 생길 수도 있었다.

그 때문에 지금 그는 최대한 단단히 숙영지를 조성하려는 것이다.

평소보다 훨씬 공사 기간이 오래 걸린 가건물을 세우고 난 후에는 사막 지하에 수로를 뚫어 물을 확보해야 한다.

강수는 골렘 두 마리를 지하로 보내어 땅을 파도록 시켰다.

사사사사삭!

쿠그그그그그!

샌드골렘이 땅을 파면 그 위에 스톤골렘이 천연 파이프라인을 잡아서 물이 차오르도록 했다.

약 150미터가량 땅을 파 내려가니 드디어 물줄기가 보였다.

좌라라라라락!

"지하수가 있긴 있군."

뿜어져 나오는 물줄기에 손을 댄 강수는 온도가 상당히 낮다는 것을 알 수 있었다.

그리고 그는 물줄기에 입을 대곤 맛을 보았다.

"쩝쩝, 짜군."

물의 염도가 높아서 이것을 곧장 식수나 수목용으로 사용하긴 힘들 것 같았다.

염소이온 함유량이 높은 지하수는 음용이나 초목 용수로 사용할 수가 없었다.

그렇기 때문에 역삼투압 방식의 정수시설이나 전기분해 담수시설을 설치해야 하는데, 그 비용이 만만치가 않았다.

하지만 이 모든 것을 건너뛰고 아주 간단하게 정수를 할 수 있는 방법이 있었다.

그것은 바로 골렘과 엔트를 이용하여 물을 정수시키는 것이다.

스톤골렘은 자신을 비롯한 바위의 모양을 자유자재로 바

꿀 수 있는 능력을 가지고 있었다.

비록 모양 자체를 아주 세세하고 아름답게 꾸미는 것은 불가능하지만 그 안의 내용물을 바꾸는 것은 가능했다.

강수는 스톤골렘에게 거대한 바위를 반으로 쪼개고 그 안의 형질을 다공성 물질로 바꾸도록 했다.

그물처럼 꼬여 있는 다공성 물질에 물을 붓게 되면 불순물은 빠지고 순수한 물만 남게 된다.

이것은 숯으로 물을 정수하거나 대기 중의 독성 물질을 제거하는 원리와 같았다.

촘촘하게 구멍이 뚫린 다공성 물질은 염소이온이 다량 분포된 물에서 오로지 물만 걸러내 사용할 수 있게 해줄 것이다.

그리고 그 앞에 엔트의 줄기를 꼬아서 만든 2차 필터를 놓으면 아주 깨끗한 물이 탄생하게 된다.

엔트의 줄기는 소독 능력이 뛰어나기 때문에 주기적으로 교체만 해준다면 세균이나 독성 물질을 제거할 수 있을 것이다.

또한 엔트의 수액이 지속적으로 물에 녹아나기 때문에 오크들의 해갈과 녹음의 빠른 조성에 기여하게 될 것이다.

강수는 물이 뿜어져 나오는 구멍에 호수를 연결하고 1, 2차 필터를 설치했다.

담수시설을 거치면 물의 온도가 조금 높아지긴 하지만 천연 지하수 자체의 온도가 워낙 낮아서 음용하는 데는 문제가 없을 것이다.

호수 바깥에 파이프라인까지 연결한 강수는 그것을 가장 먼저 숙소와 작업장 주변을 따라서 이어나갔다.

까앙, 까앙!

사막을 따라서 사람 허벅지 굵기의 파이프라인을 길게 늘어뜨린 후 말뚝을 박아서 라인을 굳건하게 잡았다.

이렇게 라인을 잡고 난 후에는 오크들의 작업과 나무의 자생에 필요한 차양망과 파풍망을 설치했다.

"이제 좀 사람 사는 곳 같군."

강수는 작업장에 도착한 지 열 시간 만에 숙소를 완성하고 내일을 기약했다.

*　　　*　　　*

고비사막 작업장.

강수는 산간지방에서 채취한 잔뿌리 식물들을 작업장 주변에 골고루 심었다.

그리고 그 위에 촉촉이 물을 줄 수 있는 스프링클러를 설치했다.

칙칙칙칙!

산발적으로 물을 뿌려 주변의 온도를 내리는 동시에 식물에 수분을 공급해서 빠르게 녹지가 조성되도록 했다.

잔뿌리 식물, 즉 흔히 얘기하는 잡초의 생존력은 그야말로 엄청나다.

창문 틈, 심지어는 버스 짐칸에서 뿌리를 내리는 잡초들의 생명력에 강수의 특제 영양제가 더해지면 사막에서도 싹을 틔울 수 있을 것이다.

강수는 스프링클러가 연결된 파이프라인 중간중간에 엔트의 수액과 마나 온천수를 섞은 물을 주입시켰다.

아주 적은 양이지만 엔트의 수액과 마나 온천수가 섞이게 되면 시너지효과를 만들어내 식물 성장에 밑거름이 될 터였다.

강수는 잔뿌리 식물을 심은 지 나흘 후의 결과물을 눈으로 직접 확인해 보았다.

마치 사람의 눈썹처럼 이곳저곳에 풀포기들이 자라났고, 이제 땅은 축축한 토양으로 변해가고 있었다.

이제 이곳에 주기적으로 물만 공급한다면 충분히 나무가 살 수 있는 환경이 될 터였다.

"좋아, 땅은 거의 다 다진 셈이군."

강수는 이 땅에 뿌릴 만한 씨앗을 발아시키기 위한 비닐하우스 제작에 돌입했다.

비닐하우스는 차양망을 설치하여 햇빛이 딱 필요한 만큼만 들어와 발아한 새싹이 죽지 않도록 하는 역할을 한다.

그리고 그 안에는 잔뿌리식물이 뿌리를 내린 흙을 깔아 엔트의 씨앗이 발아하기 좋은 조건을 만들었다.

강수와 오크들은 비닐하우스를 돌아다니면서 중간중간에 구멍을 파고 그 안에 씨앗을 뿌려 물을 주었다.

그런 후엔 잔뿌리식물 아래에 상당히 촉촉할 정도의 물을 공급해서 씨앗이 아닌 잔뿌리식물이 마음껏 자생하도록 내버려 두었다.

이렇게 해서 잔뿌리식물이 군집을 이루게 되면 그것은 모두 엔트의 먹이가 되어 중묘목으로 자라날 수 있는 발판이 될 것이다.

"잡초 위에 영양제를 듬뿍 뿌리고 일주일 동안 계속해서 물을 공급해라. 그럼 발아가 제대로 진행될 거야."

"크룩, 알겠습니다."

비닐하우스에 있는 녹색 씨앗들이 중묘목으로 자라날 때쯤이면 3만 평 부지에도 녹음이 조성될 것이다.

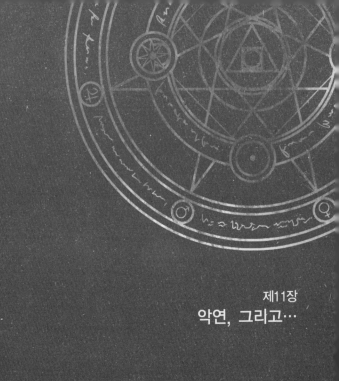

제11장
악연, 그리고…

일주일 후, 강수는 무성하게 자라난 잡초를 바라보고 있었다.

쏴아아아!

사방에서 불어오는 바람을 맞아 흔들리는 잡초는 풍부한 영양 덕분에 주변을 온통 촉촉하게 만들어주었다.

새벽에 내리는 이슬을 맞아 딱딱하게 굳어 있던 잡초들이 녹으면서 만들어내는 증기 덕분에 주변의 온도는 약 5도 정도 내려갔다.

이 정도의 효과라면 3만 평의 녹지가 형성되었을 때엔 그보다 훨씬 더 좋은 효과가 보장된다는 소리다.

단 일주일 만에 만들어낸 놀라운 기적이지만 아직까지 강수가 갈 길은 멀고도 험했다.

과연 이곳에 어떻게 펑거스의 포자가 나무에 기생하면서 엔트의 활동 영역을 제한시킬지가 관건이었다.

그를 위해서 강수는 땅을 파서 지하 밀실을 만들고 그 안에 펑거스의 포자즙을 넣고 문을 밀봉시켰다.

축축한 지하실에 펑거스의 포자즙을 양생시켜 놓으면 만약 엔트가 반항하게 될 때를 대비할 수 있었다.

엔트는 이곳에 녹음을 내리게 하는 역할을 하게 되지만 역으로 그것들을 죽일 수도 있었다. 그것을 조절하기 위해서는 펑거스 포자즙으로 다스리는 수밖에 없었다.

이제 슬슬 강수는 이 위에 엔트의 새싹을 옮겨 심어야 할 때가 왔다고 생각했다.

크룩을 비롯한 오크들과 함께 비닐하우스에서 가지고 나온 새싹을 옮겨 심은 강수는 그곳에 수액과 온천수를 섞은 물을 한가득 부어주었다.

그리고 아직 이파리가 싱싱하게 살아 있는 풀포기들을 가져다 놓아 엔트가 그것을 먹고 자라날 수 있도록 했다.

일렬로 앉아서 호미질을 하고 있는 모습이 꼭 농번기의 시골을 보는 것 같았다.

"최대한 줄을 맞춰라. 잘못하면 공간이 모자랄 수도 있다."

"크룩, 예, 마스터."

크룩은 오크들을 데리고 다니면서 일렬로 질서정연하게 파종할 수 있도록 도왔다. 그 결과, 반듯하게 줄이 맞아떨어지는 정갈한 밭이 완성되었다.

이제 이곳에 계속해서 영양제를 투여해서 엔트가 중묘목까지 자라날 수 있도록 할 것이다.

강수가 할 수 있는 일은 여기까지이고, 이제부터는 엔트들이 얼마나 강인한지에 달렸다.

*   *   *

다시 일주일 후, 강수는 이제 정말 완전한 묘목으로 자라난 엔트들을 바라보았다.

사그락.

"으음, 좋아. 이제야 정말로 숲이 될 싹수가 보이는군."

엔트들은 바닥을 무성히 채우고 있던 키 큰 잡초들을 모조리 흡수해서 사막의 혹서를 견뎌냈다.

그리고 강수의 마나 온천수에 담긴 마나를 머금어 오히려 일반적인 엔트 중묘목보다 훨씬 더 튼튼하게 자라났다.

이제 강수는 이곳에 펑거스의 포자즙을 퍼뜨려 엔트가 땅에 뿌리를 내리도록 할 작정이다.

만약 이곳에 엔트가 뿌리를 내릴 수만 있다면 사막이 녹지로 변하는 것은 식은 죽 먹기였다.

강수는 오크들을 이끌고 지하 창고로 향했다.

쿵쾅, 쿵쾅!

굳게 닫혀 있던 지하 창고의 문을 두드린 강수는 허술해진 지하 창고의 봉인을 떼어냈다.

콰앙!

그러자 칙칙하고 곰삭은 곰팡이 냄새가 코를 찔러온다.

"으윽!"

"크룩!"

그 냄새는 후각이 예민하게 발달된 오크들의 코에도 영향을 미쳤다.

"…제대로 숙성된 모양이군."

"크룩, 그런 것 같습니다."

펑거스 포자즙은 사방을 곰팡이로 물들이며 자신의 독성을 한껏 뿜내고 있었다.

강수와 오크들은 고무장갑을 끼고 포자즙과 그것들이 피워낸 곰팡이를 긁어내어 투명한 비커에 담았다. 이제 이것을 잘 녹여서 엔트에게 주입하면 놈들은 더 이상 자라나지 못하고 땅에 뿌리를 박을 것이다.

그 이후에는 주기적으로 물만 뿌려주어도 엔트들은 주변

을 녹음으로 물들이며 살아갈 수밖에 없다.

엔트들은 자신의 반경 내에 있는 식물들을 모두 먹어치우지만 그 이외엔 영향을 미치지 못한다.

그렇기 때문에 약 1km의 원 안의 약 삼분의 일만 엔트의 영역이 되고 나머지는 기타 잡목의 차지가 된다.

그 안에서 경쟁해야 한다는 제한적인 사정이 있지만 그것만으로도 나무들은 충분히 성목으로 자라날 것이다.

강수는 펑거스의 포자즙에서 채취한 독소를 물에 섞어 엔트에게 주사했다.

푸욱.

끼이이이잉!

고통에 몸부림치는 엔트의 곁에서 물러난 강수는 경과를 지켜보았다. 연신 몸부림을 치던 엔트가 이내 자신의 다리가 될 부분을 땅에 깊게 박아 넣었다.

퍼억!

"좋아, 지금이다!"

그는 땅에 영양제를 뿌리는 것과 동시에 엔트의 몸에 소량의 독소가 담긴 링거를 연결해 이 상태가 계속해서 지속되도록 했다.

이 상태가 계속된다면 아마도 슬슬 다른 묘목을 심어도 상관없을 듯했다.

내륙에서 공수한 묘목은 전부 5~6년생으로 사람의 허리까지 오는 크기의 나무들이다.

이것을 엔트의 주변에 심고 난 후 흠뻑 물을 주면 서로 경쟁하듯이 키를 키워 한 달이면 10년생쯤 되는 크기로 성장하게 된다.

엔트의 수액과 마나 온천수로 키운 나무는 벌목 후에 나이테를 확인해 보면 진짜배기 10년생과 달리 나이테가 적었다.

한마디로 그들은 고속 성장으로 인하여 나이보다 훨씬 더 가파르게 성장했다는 소리가 된다.

사람으로 따지면 네 살짜리 꼬마아이가 성인 남성의 몸을 가지고 있는 것과 같은 이치다.

하지만 나무가 스스로 지성을 갖게 될 리는 없으니 크면 클수록 강수에겐 이득이었다.

퍽퍽퍽!

강수와 오크들은 직접 땅을 파고 그 안에 뿌리가 다치지 않은 묘목을 심었다.

사막에서의 일은 대부분 중장비로는 진행할 수 없었다.

만약 이곳에 아름드리나무를 몇 트럭 뽑아다 옮겨 심는다면 몰라도 이 작은 묘목을 심는 데 중장비를 동원할 수는 없었다. 때문에 강수와 오크들은 지금 영상 50도가 넘는 땡볕에서 손수 삽질을 할 수밖에 없었다.

"…크룩크룩."

"후우, 덥군."

땀이 비 오듯 흐르는 가운데 오크가 한두 마리씩 쓰러지기 시작했다.

"크훅."

"크룩크룩!"

강수와 크룩은 쓰러진 오크가 있는 곳으로 달려가 상태를 살폈다.

"크룩크룩."

"열사병이군. 어서 녀석을 그늘로 옮기고 머리를 차갑게 하자."

"크룩, 예, 마스터."

크룩은 쓰러진 오크를 데리고 차양망이 있는 곳으로 피신해 옷을 벗기고 머리와 발을 차갑게 했다. 그리고 입에 엔트의 수액을 흘려 넣자 녀석이 이내 정신을 차렸다.

"크럭크럭!"

"정신이 좀 드나?"

"크룩."

주변에 녹음이 조금씩 조성되고는 있지만 여전히 사막 한

가운데서 일한다는 것은 쉽지 않았다.

"도저히 작업 속도가 오를 수가 없겠군."

"크룩, 온도가 정말 높습니다."

'뭔가 방법이 없을까?'

고민에 고민을 거듭하던 강수는 한국으로 전화를 걸었다.

—뭐냐?

전화를 받은 사람은 태백과 정선에서 나무를 키우고 착즙기를 작동시키고 있을 랄프였다.

"문제가 생겼다."

—문제?

"이곳이 너무 더워서 오크들이 견디질 못해."

—그럼 때려.

"미친놈. 그렇게 작업을 시켰다간 남아나는 놈이 하나도 없을 거다."

—하긴 그렇겠군.

지금까지 오크들에게 죽자 살자 일을 시킨 강수이지만 그것은 목숨에 지장이 없는 한에서 이뤄졌던 고행이다.

고비사막 한가운데서 무리하게 일을 시켰다간 아마 남아나는 오크가 하나도 없을 것이다.

—으음, 방법이 아주 없지는 않아.

"뭔가?"

―내가 마법 장비를 만들어서 공급하면 된다.

순간 강수는 무릎을 쳤다.

"오호라! 그렇군!"

―다만 개발에 하루 이틀 정도 걸릴 것이고, 모두 다 완성하는데 또 하루 이틀 걸릴 것이다. 또한 여기서 거기까지 물건을 보내는 데 시간이 소요될 것이고.

"괜찮아. 아직 작업할 양은 많으니 일단 쉬엄쉬엄 일을 시키고 있으면 되지."

―알겠다. 그럼 내가 오크들의 대가리를 식힐 수 있는 물건을 만들어 보내도록 하지.

"고맙다."

이윽고 전화를 끊은 강수는 작업량을 조금 조절하기로 했다.

"이대로 계속 작업할 수는 없다. 그러니 쉬는 시간과 작업 시간을 적절히 조정할 것이다."

"크룩, 얼마나 조정하면 되겠습니까?"

"40분 작업에 20분 휴식이다."

"크룩크룩. 그럼 작업이 너무 늦어집니다만?"

"그렇다고 이곳에 와서 다 죽을 수는 없는 노릇이 아닌가?"

크룩의 입장에선 오크들과 함께 기한 내에 작업을 끝내는 것이 가장 중요했다.

그것이 바로 강수가 처음 그에게 내린 명령이기 때문이다.

하지만 수장의 말에 따르는 것이 부장의 숙명이었다.

"크룩, 알겠습니다. 그럼 그렇게 전달하겠습니다."

"쓰러지는 녀석들에겐 엔트의 수액을 주되 적당히 벌점을 부과해라. 정신력이 해이해지면 곤란하니까."

"예, 마스터."

벌점이 쌓인다는 것은 바로 몽둥이찜질을 내린다는 뜻이다.

실제로 강수는 고비사막까지 와서 줄빠따를 칠 생각은 없지만 오크들의 정신 상태가 해이해지는 것은 막아야 했다.

"자자, 다시 일하자."

"크룩크룩(움직여)!"

크룩을 따라 오크들은 다시 작업을 시작했다.

*   *   *

작업 이 주일 후, 강수는 1만 평 부지에 나무를 심을 수 있었다.

생각보다 훨씬 더 많은 나무를 심었지만 이제부터 가장 큰 문제가 도래할 것이다. 이 나무들을 어떻게 관리하여 녹지를 조성하느냐 하는 것이다.

사막에 나무를 심으면 알아서 모래바람을 이겨내고 자생하는 것이 아니다. 어느 정도 클 때까진 사람의 보살핌과 지속적인 수분 보충이 필수였다.

강수는 나무를 심은 곳을 따라 파풍망을 쳐서 모래바람이 나무를 공격할 수 없도록 했다.

하지만 이 모래바람이 어찌나 심한지 강수가 세운 파풍망을 하루에 한 번씩 청소하지 않으면 바람이 통하지 않을 정도였다.

바람이 통하지 않게 되면 나무들이 서 있는 곳의 온도가 높아지기 때문에 역으로 나무들이 말라 죽을 수도 있었다.

파풍망을 청소하는 일 또한 일일이 손으로 해야 하기 때문에 번거로움이 이만저만이 아니었다.

거대한 빗자루를 들고 파풍망을 돌아다니며 흙먼지를 제거하는 강수의 입에는 마스크가 씌워져 있었다.

하지만 그 미세한 흙먼지 입자를 모두 다 막아내기엔 다소 무리가 있었다.

슥삭슥삭.

"쿨럭쿨럭!"

"크룩, 괜찮으십니까?"

"꽤, 괜찮다. 이놈의 입자가 거칠어서 그래."

"크룩크룩. 아무래도 이곳에 나무를 심지 못하는 이유는 따로 있는 모양입니다."

"그러게 말이다."

중국이 이 넓은 사막에 나무를 심지 않는 이유는 그 가격이 엄청나기도 했지만 그것을 관리하는 것이 너무 힘들기 때문으로 보였다.

이제 불과 한 달가량 파풍망을 관리했는데도 벌써 강수는 심신이 지쳐가고 있었다.

"힘들군."

"크룩, 다시 한국으로 돌아갈까요?"

그는 고개를 가로저었다.

"아니다. 그럴 수는 없지. 겨우 한 달 만에 포기하면 남자가 무슨 일을 할 수 있겠나?"

"하지만 마스터의 몸이……."

"괜찮다. 나에겐 드래곤 하트가 있으니까."

"크룩크룩."

크룩은 강수가 없으면 자신들이 설 자리가 없다는 것을 잘 알고 있었다.

그가 강수를 존경하는 마음이 진짜로 있는지는 몰라도 강수를 걱정하는 것은 진심이었다.

"나는 죽지 않는다. 그런 눈으로 쳐다보면 맞을 줄 알아라."

"크룩, 죄송합니다."

리더가 무너지면 조직 또한 함께 무너지게 되어 있다.

강수는 이를 악물고 버티면서 계속 나무를 심어나갈 수밖에 없었다.

       *   *   *

한 달 보름이 지나고 난 후, 드디어 강수의 녹지에 엔트 중 묘목들이 완전히 자리를 잡았다. 그리고 그 주변으로 비슷한 크기의 일반 나무들이 자생하여 녹음을 뿌리고 있었다.

쏴아아아!

불어오는 바람을 타고 사철나무와 소나무의 상큼한 풀 냄새가 풍겨왔다.

"후우, 이제야 좀 살 것 같군."

"크룩크룩."

1만 평의 부지만 중묘목으로 자라난 상태이지만 그것만으로도 주변의 온도가 5~7도는 내려간 것 같았다.

숲의 위대함이란 바로 이런 대목에서 나타났다.

"나머지 부지의 작업 상황은 어떠한가?"

"아직 적어도 두세 달은 더 작업해야 할 것 같습니다."

"흠, 그때쯤이면 눈이 올 수도 있겠군."

"크룩, 괜찮습니다. 어차피 오크들은 체온이 높아서 겨울에 강합니다."

"하긴 그렇긴 하지."

이곳에 온 오크들이 줄줄이 쓰러졌던 것은 오크의 체온이 사람에 비해 월등이 높았기 때문이다.

더군다나 오크의 피부는 두꺼운 가죽으로 되어 있기 때문에 땀을 배출하는 데 문제가 있었다.

오로지 혀나 발바닥, 손바닥 등으로 체온을 조절하기 때문에 인간보다 약 두 배 정도 열사병에 약했다.

하지만 혹한기가 되면 오크들은 두꺼운 가죽이 체온을 보호해 주기 때문에 영하 40도의 혹한에서도 모닥불 하나만 놓고도 살아갈 수 있었다.

아마도 오크들이 이곳에 계속해서 남아 비닐하우스를 치고 작업한다면 지금보다는 훨씬 더 작업 속도가 올라갈 것이다.

"그렇다면 나머지 1만 평에는 비닐하우스를 쳐서 파종해야겠군."

"크룩, 그렇게 된다면 수월할 것 같습니다."

강수는 눈을 들어 남은 부지를 바라보았다.

아직도 말뚝을 박아놓은 부지의 끝자락에서부터 중앙 지역까지의 거리가 생각보다 꽤 넓었다.

"아직 더 고생해야겠군."

"크룩크룩."

고생이란 고생은 다하고 있지만 역시 녹지 조성은 쉽지가 않았다.

　　　　*　　　*　　　*

　늦은 밤, 강수가 조성해 놓은 녹지로 약 열 명의 사내가 슬금슬금 기어들어 왔다.

　슥, 슥, 슥.

　그리고 그들은 강수가 기껏 고생하여 심어놓은 나무를 서서히 베어내기 시작했다.

　"실하군. 이 정도 나무라면 한겨울을 버틸 수 있겠어."

　"남은 장작은 시장에 내다 팔아도 되겠어요."

　"후후, 그러게 말이다."

　내몽골자치구에서 생활하고 있던 유목민족들은 강수가 심어놓은 나무를 노리고 한 달 정도 기다리고 있다가 나무 도둑질을 시작했다.

　슥삭슥삭!

　"후후, 좋아, 좋아!"

　중국 사막 지역에 한국계 기업들이 자원봉사로 나무를 심어도 그것들이 자생하지 못하는 데에는 유목민족들의 벌목이 가장 큰 문제로 작용했다.

　그들은 자신들의 땅에 있는 것은 모두 자신의 것이라는 인식이 있기 때문에 돌아다니면서 초목지대의 풀이란 풀은 죄다 뜯어서 사용했다.

그것은 이제 막 초목 지대를 형성한 묘목 군집 역시 예외는
아니었다.

강수가 심은 것은 일반 묘목보다 훨씬 더 크고 실했으니 노
리는 것이 당연했다.

슥삭슥삭.

하지만 그들의 절도 행각은 그리 오래가지 못한다.

―도둑이다. 도둑이다.

"으음?"

가장 맨 뒤에서 나무를 베고 있던 유목민 청년은 자신의 귀
를 의심했다.

"무슨 소리 안 들렸어?"

"뭐? 무슨 소리가 들렸다고 그래?"

"분명……."

바로 그때였다.

퍼억!

"크헉!"

유목민 청년의 다리에 엔트 중묘목의 줄기가 날아와 거세
게 후려쳤다. 그 충격으로 인해 다리가 부러진 유목민 청년은
고통에 겨워 소리쳤다.

"끄악, 끄아아아아악!"

"무슨 일이야?!"

"내, 내 다리, 내 다리!"

그의 비명 소리를 들은 강수는 얼굴에 마스크를 쓴 오크들과 함께 우르르 쏟아져 나와 유목민들을 향해 달려들었다.

"이런 개새끼들! 감히 남의 숲을 훼손하다니!"

"젠장!"

재빨리 자리에서 일어선 유목민들이 휘파람을 불었다.

"휘익!"

그러자 저 멀리서 열 마리의 말 무리가 달려와 강수와 오크들이 있는 진영을 가로질렀다.

"허엇!"

"크룩크룩!"

재빨리 몸을 피한 강수는 자신들이 끌고 온 말을 타고 도망가는 유목민들을 향해 소리쳤다.

"야, 이 개새끼들아!"

"이랴! 이랴!"

이 세상에 양심이 없는 사람이 그렇지 않은 사람보다 훨씬 많다는 사실은 익히 알고 있었지만 그래도 자꾸 힘이 빠지는 강수였다.

"빌어먹을 자식들."

"쿠룩크룩. 무려 스무 그루나 죽었습니다."

"젠장!"

이제 이곳을 노리고 들어올 도둑들이 한둘이 아닐 텐데, 강수는 걱정이 앞섰다.

＊　　＊　　＊

강수는 오크들로 하여금 보초를 세우고 그 앞을 철통같이 지키도록 했다.

이제는 나무를 심는 것도 중요하지만 그것을 지키는 것도 중요했다. 이미 경찰에 신고를 했지만 중국 정부에선 그들의 도둑 행위를 딱히 처벌할 생각이 없는 것 같았다.

그러니 스스로 나무를 지키지 않으면 계약 조건이 성사되지 않을 것이었다.

"크룩크룩……."

오크들이 철통같이 경비를 서고 있는 그때, 그들의 주변으로 한 무리의 청년이 다가왔다.

크룩은 자신에게 다가오는 청년들을 바라보며 이내 몸을 숨기고 무전기로 이 소식을 알렸다.

"크룩, 인간입니다."

─제길, 또 왔군. 금방 나가겠다.

"크룩, 오실 때까지 지켜만 볼까요, 아니면 처리할까요?"

─일단 두고 보고 있다가 돌발행동을 하면 그때 제압해라.

"크룩, 알겠습니다."

크룩은 계속해서 인간 청년들이 어떤 행동을 하는지 지켜보았다. 청년들은 주머니에서 뭔가 길고 묵직한 것을 꺼내어 머리 쪽을 앞뒤로 당겼다.

철컥.

순간, 오크는 저 물건이 무엇인지 정확하게 인식했다.

'초, 총!'

언젠가 강수가 지금까지 지구에서 가장 사람을 많이 죽인 무기가 총이라고 했다.

총은 불을 뿜으며 그 안에서 발사된 탄환은 마법보다 강력하고 무시무시하다고 설명했다.

크룩이 알고 있는 선에서 마법은 그 위력이 가히 신에 버금갈 정도로 대단했다. 그럼에도 불구하고 강수가 총의 위력을 마법에 비교했을 정도라면 얼마나 위험한 물건인지 굳이 말하지 않아도 알 수 있었다.

"크룩, 어쩔 수 없다!"

그는 저들이 강수에게 다가가기 전에 사방에서 덮쳐 일을 끝내기로 했다.

"크룩! 잡아라!"

"크룩크룩!"

"뭐, 뭐야?!"

청년들은 사방에서 달려드는 오크들을 바라보며 이내 소리치더니 거침없이 총을 발사했다.

타앙!

"크훅!"

"크룩!"

"나쁜 인간, 죽인다!"

퍼억!

"크헉!"

크룩의 주먹에 맞은 인간 청년이 목숨을 잃었고, 총에 맞은 오크 역시 곧 죽을 것으로 보였다. 아무리 가죽이 두꺼운 오크라곤 해도 총알까지 막아낼 수는 없었던 것이다.

"크훅크훅!"

"죽인다!"

퍽퍽퍽!

오크들은 총알이 빗발치는 현장에서도 절대 물러서지 않고 인간들을 공격했다. 그동안 잠재되어 있던 오크의 몬스터 본능이 서서히 고개를 쳐든 것이다.

타앙, 타앙, 타앙!

서걱!

"크룩!"

결국 오크의 우두머리인 크룩까지 쓰러져 버렸고, 오크들은 주춤거리며 물러섰다.

"후후, 뭐 하는 놈들인지 몰라도 총을 이길 생각을 하다니 멍청하군."

그때였다.

슈가가가가각!

서걱!

"끄허억!"

"아무리 총을 가진 놈이라도 공격을 못하면 무용지물이 아닌가?"

"이, 이 새끼는……?"

"네놈들이 뭐 하는 놈들인지는 나머지 한 놈에게 듣겠다."

강수는 하나하나 괴한들을 처치해 나갔다.

* * *

소환술을 이용해 단숨에 괴한들의 목숨을 끊어버린 강수는 마지막으로 남은 한 청년의 양쪽 손과 발을 묶어 의자에 고정시켜 놓았다.

오늘 죽은 오크는 총 열 마리. 그나마 우두머리 크룩이 자신을 희생하면서 결사항전을 펼쳤기 때문에 그 피해가 줄어든 것이다.

강수는 의자에 앉은 청년에게 물었다.

"네놈은 어디서 왔느냐?"

"…그냥 죽여라."

"으음, 그건 안 될 소리지."

주머니에서 젓가락을 꺼낸 강수는 그의 허벅지에 거세게 찔러 넣었다.

푸욱!

"끄아아아아악!"

"보자 보자 하니 사람이 아주 보자기로 보이는 모양이군. 좋아, 그 보자기에게 한번 당해봐라."

강수는 젓가락에 불의 기운을 불어넣었다.

슈가가가가가각!

치이이익!

사방으로 사람 살 익는 냄새가 진동하며 공포감을 조성했다.

"끄악, 끄아아아아악!"

아마 지금 그는 고통보다 더 심한 공포로 인해 거의 패닉에 빠져들어 있을 것이다.

이내 강수는 젓가락을 빼냈다.

츄아악!

"크헉!"

"다시 한 번 묻겠다. 어디서 온 놈이냐?"

"나, 나는 그저 시키는 대로 움직였을 뿐이다."

"시켜? 누가?"

"한국에 있는 한 건달이 나에게 돈을 준다고 했다. 그리고 네 신체의 일부도……."

"신체?"

"그런 것이 있다."

"이 새끼가 아주 사람을 졸로 보는군."

그는 다시 한 번 그의 허벅지에 젓가락을 찔러 넣었다.

푸하아악!

"끄억, 끄어어어억!"

"곱게 죽고 싶으면 똑바로 말하는 것이 좋아."

"제, 제대로 말하겠다! 네 장기를 내가 다 갖고 수수료를 받기로 했다!"

"장기를?"

요즘 가장 심각한 문제 중 하나로 화두가 되고 있는 계획적 납치와 장기 적출은 어제오늘의 문제가 아니었다.

그 문제가 심각해지더니 이젠 강수까지 공격하러 온 모양이다.

"뒷배가 누구냐?"

"가, 강산이다. 서울 강산과 부두목 강산이다."

"…강산!"

그제야 강수는 왜 그렇게까지 강산이 자신을 이곳으로 보내려 했는지 알 것 같았다.

'이런 개새끼를 보았나?'

강산은 암암리에 강수를 처리하기 위해 몽골로 그를 보낸 것이었다.

"갈아 마셔도 시원찮을 놈이군."

강수는 그를 크룩에게 맡겼다.

"죽여라."

"크룩, 예, 마스터."

크룩이 도끼를 높게 든 순간, 그는 순간 정신을 잃고 말았다.

운이 좋았다고 해야 할까? 그는 고통 없이 죽음을 맞이할 수 있었다.

퍼억!

그의 목덜미가 바닥을 뒹굴었고, 오크들은 그것을 땅에 묻어버렸다.

"뭐 하나 쉬운 일이 없군."

일단 이곳에서의 일을 마무리한 후에야 강산을 죽여도 죽여야 할 것이다.

*   *   *

서울 강남에 위치한 작은 술집.

강산은 허영수와 만나고 있었다.

"어떻게 되어가나?"

초조한 얼굴의 허영수는 강산에게 정치적 돌파구로 숙청을 부탁했다. 그것은 아주 조용히 그를 밀어내려는 세력을 살인멸구 해버리려는 계획이었다.

강산은 고개를 끄덕인다.

"일이 잘 풀렸습니다."

"오오, 그런가?!"

"예, 이젠 안심하셔도 됩니다."

"하하, 하하! 그렇군!"

"다만……."

"다만?"

바로 그때였다.

푸욱!

"으, 으헉?!"

"다만 당신이 살아남긴 좀 어려울 것 같습니다."

"이, 이런 개새끼……!"

허영수의 복부를 칼로 두 차례 찌른 강산은 그의 목덜미를 칼로 그어 목숨을 끊어버린다.

촤락!

"크헉……."

사방으로 튀는 피. 강산은 거칠게 숨을 내쉬었다.

"허억, 허억! 이 새끼가… 사람을 뭐로 보고……."

이윽고 그의 부하들이 술집 안으로 들어와 주변을 빠르게 정리하고 허영수를 차에 실었다.

벽면을 물들인 피와 강산의 지문이 묻은 칼 등을 정리한 조직원들은 빠르게 차를 몰고 현장을 빠져나갔다.

그리고 강산 역시 입고 있던 옷을 벗어 쓰레기통에 버린 후 곧바로 불을 질러 버렸다.

화르르륵!

이제 이 불은 작은 술집을 타고 번져 폭발을 일으킬 것이다.

증거를 인멸하고 폭발까지 일으켰으니 더 이상 강산이 용의선상에 오르는 일은 없을 터였다.

모든 일을 끝내고 차에 오른 강산은 조금 떨리는 손으로 전화를 들었다.

"회장님, 접니다."

ㅡ처리했냐?

"예, 지금 토막을 처리하려 합니다."

ㅡ깔끔하게 처리해라.

"명심하겠습니다."

ㅡ장소는 정했나?

"서해에 있는 우리 그룹 야적창고 앞바다입니다."

—그래, 알겠다.

전화를 끊은 강산은 곧바로 인천으로 향했다.

*　　*　　*

몇 차례 괴한들의 공격을 막아낸 강수는 이제 슬슬 한국행을 결정해야 함을 느꼈다.

이른 아침, 부상을 당한 크룩을 대신해 오크들을 깨운 강수는 숙영지를 정리하기로 했다.

"기상!"

퍽퍽퍽!

"크룩, 크룩!"

오랜만에 몽둥이를 들고 출현한 강수 탓에 오크들은 혼비백산하여 자리에서 일어섰다.

"아침이다! 어서 일어나 정렬해라!"

"크룩크룩!"

강수의 등장으로 인해 조금은 어수선하던 오크들의 군기가 바짝 잡혔다.

이윽고 오크들을 데리고 녹초 지대로 향했다.

이곳에 파풍망을 건설해 놓고 떠나야 다시 중국에 도착했을 때 녹초 지대가 유실되지 않을 것이기 때문이다.

"장비를 챙겨라."

"크룩크룩."

강수를 따라 장비를 챙겨 녹초 지대로 나온 오크들은 고개를 갸웃거렸다.

"크룩크룩?"

"뭐야? 무슨 일이야?"

잠시 다른 오크들을 챙기고 있던 강수는 그들을 향해 고개를 돌렸다.

순간, 그는 넘어갈 듯이 놀라 소리쳤다.

"뭐, 뭐야?! 이게 무슨 말도 안 되는……?!"

강수는 녹초 지대를 지키고 있던 오크들과 함께 수많은 녹음이 통째로 사라졌음을 알 수 있었다.

땅을 수놓고 있던 잡초는 물론이고 크고 작은 묘목들까지 죄다 흔적도 없이 사라져 버렸다.

"이런 미친……!"

그는 정신이 나간 사람처럼 사라진 녹초 지대를 향해 달려갔다.

뭉글!

녹초 지대를 향해 달려간 강수는 자신의 발에 뭔가 차갑고 칙칙한 기운이 서리는 것을 느꼈다.

그리고 잠시 후 강수의 발이 빠르게 녹색으로 물들었다.

"허, 허억!"

재빨리 신발을 벗은 강수는 오크들을 뒤로 물렸다.

"물러서라!"

"크룩크룩!"

오크들과 함께 몇 족장 뒤로 물러선 강수는 자신의 신발을 녹인 주범을 확인해 보았다.

"쿵쿵, 이것은……?!"

지독한 냄새를 풍기는 녹색 가스, 이것은 다름 아닌 그린드래곤의 브레스였다.

"드, 드래곤?!"

분명 이곳에 남은 드래곤은 강수, 그것도 심장을 이어받은 그가 전부였다.

그런데도 불구하고 그린드래곤이 존재한다니, 있을 수 없는 일이었다.

잠시 넋을 놓고 있던 강수의 전화가 울렸다.

따르르르릉!

"여보세요?"

―나, 나다!

전화를 건 사람은 다름 아닌 랄프였다.

"무슨 일이냐?"

―큰일이다! 지금 작업장이 아주 쑥대밭으로 변해 버렸어!

"뭐, 뭐라?!"

―나무는 물론이고 장비까지 죄다 녹색 가스에 의해 녹아 버렸어!

"이런 빌어먹을!"

―아무래도 이건⋯⋯.

"그린드래곤이다! 이건 드래곤 말곤 답이 없어."

―어, 어떻게 그런 일이⋯⋯?

지금 강수는 이곳에 더 이상 머무를 수가 없었다.

"당장 한국으로 들어가야겠다. 놈의 행방은 알고 있나?"

―아직 산을 벗어나진 못한 것 같다.

"좋아, 그럼 계속해서 놈을 그곳에 묶어놓도록. 그 어떤 수단을 동원해도 좋아."

―빌어먹을. 알겠다. 일단 노력은 해보도록 하지.

강수는 대충 짐을 챙겨 한국으로 향했다.

*   *   *

막상 한국에 도착한 강수는 일이 훨씬 더 심각하다는 것을 알 수 있었다.

엔트들은 거대 엔트를 제외하고 전부 다 먹혀 버렸고, 녹지

역시 흙만 남기고 아무것도 없이 깔끔하게 털려 버렸다.

그럼에도 불구하고 놈은 흔적도 남기지 않은 채 사라지고 없었다.

랄프는 다 죽어가는 헬하운드 말복을 치료하고 있었다.

크헥, 깨갱!

"이놈은 또 왜 이래?"

"나무 옆에 있다가 봉변을 당했어. 입이 봉해져서 놈에게 대항을 할 수가 없었던 것이지."

"제길."

드래곤은 마치 지능이 없는 공룡처럼 이곳저곳을 들쑤시고 다니며 일을 저질러 놓았다. 그것을 수습하기엔 랄프의 능력은 터무니없이 부족했다.

"이젠 어쩌지?"

"어쩌긴, 놈을 잡아야지."

"놈이 얼마나 큰 놈인지 알 수가 없어. 그런데 무슨 수로 잡는다는 거냐?"

"만약 놈이 지성이 있는 놈이었다면 이런 짓을 벌일 리 없어. 아마도 놈은 이제 막 헤츨링이 된 놈일 거다."

"으음."

"충분히 잡을 수 있어."

강수와 랄프가 그린드래곤에 대해서 얘기할 때, 두 사람의 뒤로 뭔가 싸늘한 기운이 느껴졌다.

그리고 누워 있던 말복이 미친 듯이 몸부림치기 시작했다.

크릉, 깨앵, 끼잉!

"이 새끼가 왜 이래?"

슈웅!

강수는 자신의 뒤통수를 향해 날아오는 날카로운 뭔가를 간신히 피해낸다.

서걱!

"허, 허억!"

순간, 고개를 돌려 앞을 바라본 강수는 두 눈을 동그랗게 떴다.

─크아아앙!

"헤슬링?!"

그의 예상은 정확했다.

두 사람의 앞에 서 있는 것은 그린드래곤의 헤슬링이었다.

『현대 소환술사』 3권에 계속…

네르가시아 장편 소설
FUSION FANTASTIC STORY

THE MODERN
MAGICAL
SCHOLAR

현대 마도학자

나르서스 제국의 전쟁영웅이자
마나코어를 개발한 천재 마도학자 카미엘!

그러나 제국의 부흥을 위한 재물이 되어
숙청당하는데······.

『현대 마도학자』

죽음 끝에 주어진 또 다른 삶.
그러나 그에게 남겨진 것은 작은 고물상이 전부였다.

**더 이상의 밑은 없다!
마도학자의 현대 성공기가 시작된다!**

Book Publishing CHUNGEORAM

유병이 아닌 자유추구 -
WWW.chungeoram.com

북검전기

우각 新무협 판타지 소설

2014년의 대미를 장식할,
작가 우각의 신작!

『십전제』, 『환영무인』, 『파멸왕』···
그리고,

『북검전기』

무협, 그 극한의 재미를 돌파했다.

북천문의 마지막 후예, 진무원.
무너진 하늘 아래 홀로 서고, 거친 바람 아래 몸을 숙였다.

살기 위해! 철저히 자신을 숨기고
약하기에! 잃을 수밖에 없었다.

심장이 두근거리는 강렬한 무(武)!
그 겉잡을 수 없는 미력이,
북검의 손 아래 펼쳐진다!

Book Publishing CHUNGEORAM

유행이 아닌 자유추구 -
WWW.chungeoram.com